평생 CEO 청춘합창단 명단장
권대욱의 산막 My Way

권대욱의
월든이야기

권대욱 지음

권대욱의 월든 이야기

초판 1쇄 발행 2024년 5월 1일

지 은 이 권대욱
발 행 인 권선복
편   집 한영미
디 자 인 서보미
전 자 책 서보미
발 행 처 도서출판 행복에너지
출판등록 제315-2011-000035호
주   소 (07679) 서울특별시 강서구 화곡로 232
전   화 0505-613-6133
팩   스 0303-0799-1560
홈페이지 www.happybook.or.kr
이 메 일 ksbdata@daum.net

값 22,000원
ISBN 979-11-93607-27-5(03810)

Copyright ⓒ 권대욱, 2024

평생 CEO 청춘합창단 명단장
권대욱의 산막 My Way

권대욱 지음

군대욱의
월든이야기

모두가 반짝이는 별이 되는 곳
누구나 선생이 되고 누구나 학생이 되는 곳
별과 달을 보며 인생을 이야기하는 곳

잃은 것보다 얻은 것을 센다,
권대욱의 산골짝 인생학교

Prologue

나는 48년간 직장생활을 하였고, '직업이 사장'이라고 불릴 정도로 35년간 건설사와 호텔업, 교육업체의 CEO로 살아왔다. 그렇게 일밖에 모르던 치열한 워커홀릭의 시간을 보내다가 60이 넘어 깨달은 것이 있었다.

태어나는 것은 신의 뜻이지만 어떤 삶, 어떤 이름으로 죽느냐는 우리 스스로가 정할 수 있다는 것이다. 그래서 제2의 인생만큼은 '자리이타自利利他의 삶', '공헌하는 삶'을 살아야겠다고 결심했다. 이것이 내가 20여 년 전 강원도 문막 산골에 산막을 짓게 된 이유였다.

여기서 한 걸음 더 나아간 것이 〈산막스쿨〉이다. 사실 〈산막스쿨〉의 출발은 특별히 계획된 것은 아니었다. 1997년 전원생활을 꿈꾸는 사람들과 함께 산막을 지었지만 결국 모두 떠

났고, 2003년 혼자 산막을 떠맡게 될 때만 해도 오늘날 〈산막스쿨〉에 대한 계획보다는 이곳을 사람이 살 만하고 올 만한 곳으로 가꾸는 일에 전념했다.

그 후부터 하나하나 내 손으로 산막을 직접 만들고 가꾸어 가면서 참으로 많은 정성과 사랑을 쏟아부었다. 잔디밭이 그렇고 연못이 그렇고 원두막이 그러하며 독서당과 노래방이 그랬다. 그래서인지 무언가 일이 잘 안 풀리거나 마음 울적할 때, 직장 그만두고 야인으로 돌아갈 때, 무언가 골똘히 생각하고 다짐할 때 이곳 산막에서 나는 새로운 힘과 용기를 얻었다.

그런 것이 페이스북에서 입소문을 타고 알려져서 그동안 많은 사람이 이곳을 다녀갔다. 이리저리 연 닿은 사람, 이런저런 모임, 동창, 선·후배, 아내의 친구, 선생님, 학생, 멘티까지. 아마도 줄잡아 1,500명은 족히 넘을 듯하다. 청춘합창단, 계산 비즈니스포럼KBF, 다국적기업한국CEO모임KCMC, 세계경영연구원IGM도 왔다. 외국인부터 국회의원·장관·시장·연주자·시인·화가 등 온 사람의 직종도 다양하다.

여러 사람이 다녀가고 적지 않은 세월이 흐르다 보니 많은 이야기가 있다. 그런 이야기가 모여 한 역사를 이룬다. 별밤 모닥불 옆에서 나누었던 수많은 이야기와 노래가 추억이 되고, 시가 되고, 꿈이 되었다.

권대욱의 월든 이야기

이제 단순한 산막을 넘어 누구나 선생이 될 수 있고, 누구나 학생이 될 수 있는 곳. 시가 있고, 노래와 춤과 이야기가 있고, 따뜻한 교감이 있는 곳. 모두가 주인공이고, 모두가 반짝이는 별이 되는 곳. 자연에서 함께 어울리며 무엇이든 배울 수 있는 곳. 모닥불 피워놓고 별과 달을 보며 인생을 논할 수 있는 곳, 그렇게 인생을 배워가는 자연학교 산막스쿨이 되었다.

이 책은 산막에서 꿈에 그리던 전원생활을 하며 2018년부터 2021년까지 중앙일보에 연재하였던 글들을 모아 다듬고, 직접 찍은 산막의 봄·여름·가을·겨울의 풍경들과 함께 한 권의 책으로 만든 것이다.

모쪼록 이 책을 통해, 60이 넘어서야 깨닫게 된 귀중한 삶과 행복의 교훈을 보다 많은 이들과 공유하게 되길 바란다.

2024년 봄

권대욱

CONTENTS

005   Prologue

Part 1   봄,

014   15년간 사랑과 정성 쏟은 강원도 문막 산막
021   여럿이 의기투합했던 펜션단지, 결국 혼자 독박 쓰다
028   멀쩡한 집 놔두고 텐트 놀이? 사나이들의 진한 산막 캠핑
035   산막의 봄, 수도 밸브를 여니 얼었던 물이 아우성치며 나온다
042   뜨거운 감성을 나누고 싶다… 페친과 '산막 번개'
049   산막의 최애 아이템, 독서당서 듣는 새벽 빗소리
055   "왜 홀로 산막에?" 누군가 묻는다면…
060   산막엔 봄, 마음은 어느새 귀거래사 읊는 두보
066   다시 봄… '동무생각' 들으며 떠올린 옛날 개들
071   사회적 가치 높아지면 누구도 부럽지 않은 부자

Part 2   여름,

080   고물상 폐품으로 만든 분수대, 어떤 토목공사보다 뿌듯

087   파퀴아오와 인연 맺어준 산골짝 인생학교

095   '다친 곳이 얼굴 아니라 다행' 초긍정 마인드의 힘

103   척박하면 강해진다, 잡초뽑기에서 배운 조직관리

110   '지는 해 아름답고…' 원두막에 앉아 도연명을 읽는다

117   삐걱거리는 산막의 데크 고쳐 쓰는 것도 '법고창신'

123   잃은 것보다 얻은 것을 센다… 슬기로운 산막생활

128   비 오는 날 빠져드는 무아지경… 산막이란 그런 곳

133   잠, 책, 상념, 그리고 부침개… 빗소리가 부르는 것

138   소슬바람 풀벌레 소리에 벌써 가을 냄새가 난다

Part 3   가을,

146   책상머리 이론 안 먹히는 집짓기, 6년 만에 겨우 끝내

155   고독과 싸웠던 산막, 알고 보니 날 일으킨 명당

163   몸과 맘 하나가 되는 장작패기의 뿌듯함, 그 누가 알랴?

171   땀 흘리며 잔디 깎은 뒤 누워 바라본 하늘, 이게 바로 행복

177   다시 환해진 산막… 잊었다, 먹구름 위엔 태양 있다는 걸

184   '아, 달빛이 이리 밝았었나' 세상을 새롭게 본다는 것은…

190   가슴이 뛴다, 내가 꿈꾸던 산막의 모습이 그려진다

196   산막스쿨, 사회적 기업 만들련다

204   미스터트롯, 나이 제한… 그래도 70대 가수 꿈꾼다

210   묵직한 걱정으로 잔잔한 걱정 덮는다

Part 4   겨울,

218   산막의 꽃 장작난로, 보는 것만으로도 힐링이
224   침실에 물 새는 산막… 한순간에 심란함 사라진 이유
230   "너무 많이 주지는 마세요" 문막 땅 인수가 올린 이 한마디
237   순서 바뀌어도 편하게 굴러간다… 습관, 너 별거 아니구나
243   '산은 산, 물은 물' 내가 이 말 하면 사람들이 비웃을까
249   '내 속엔 내가 너무도 많아' 산막 생활이 던진 화두
254   인생길 닮은 산막 가는 길… 오름보다 내림이 더 힘들어
259   풀포기 하나에도… 산막의 무경계적 가르침
265   '기쁨 수고 비례 법칙' 통하는 장작 난로
270   '쓰·말·노'… 나의 슬기로운 집콕생활

Appendix   278   산막스쿨
              283   YouTube '권대욱TV'
              289   청춘합창단

300   Epilogue
302   출간후기

권대욱의
월든 이야기

01. 15년간 사랑과 정성 쏟은 강원도 문막 산막

02. 여럿이 의기투합했던 펜션단지, 결국 혼자 독박 쓰다

03. 멀쩡한 집 놔두고 텐트 놀이? 사나이들의 진한 산막 캠핑

04. 산막의 봄, 수도 밸브를 여니 얼었던 물이 아우성치며 나온다

05. 뜨거운 감성을 나누고 싶다… 페친과 '산막 번개'

06. 산막의 최애 아이템, 독서당서 듣는 새벽 빗소리

07. "왜 홀로 산막에?" 누군가 묻는다면…

08. 산막엔 봄, 마음은 어느새 귀거래사 읊는 두보

09. 다시 봄… '동무생각' 들으며 떠올린 옛날 개들

10. 사회적 가치 높아지면 누구도 부럽지 않은 부자

Part 1

봄,

15년간 사랑과 정성 쏟은
강원도 문막 산막

산막의 별은 어둠 속에 더욱 빛난다. 밤하늘의 별을 의미 있게 바라보는 순간
우리는 모두 철학자의 마음이 된다. [사진 **이정환 감독**]

전원생활. 내 꿈의 중요한 부분이었고 현재도 진행 중이다.
다른 사람이 보기에 전원생활에 대한 내 꿈은 어느 정도 이뤄
졌고 나 또한 많이 즐기고 있기도 하지만 여기서 그칠 것 같지
는 않다. 행복이란 결과가 아니라 과정이라 믿는다.

누군가 나에게 이젠 그만해도 되지 않느냐 한다면 소이부笑而
不答하겠다. 답하지 않고 그냥 웃고 말 것이다. 어느 누가, 때로

권대욱의 월든 이야기

는 나의 아내가 "당신 언제까지 일을 벌일 거예요?" 한다면 아마도 "나 죽을 때까지"라고 말할 참으로 간 큰 남자임이 틀림없다.

　그만큼 이 꿈은 크고 강렬했다. 강원도 문막의 이 집 짓고 가꾸어 온 지난 15년간 참으로 많은 정성과 사랑을 부었다. 나중에 은퇴하면 살아야 할 곳이었기에 그랬겠지만, 뭘 하나 만들더라도 후일을 생각해 정성과 노력을 아끼지 않았다. 잔디밭이 그렇고 연못이 그렇고 원두막이 그러하며 독서당이 그랬다. 마지못해 사 놓은 땅이 멋진 데크와 부엌이 되어 손님 맞이하기에 꼭 필요한 시설이 되었다.

산막 Main House 전경. [사진 권대욱]

널찍한 2중 데크에 작은 무대와 비 피할 원두막, 음향시설과 노래방을 하나하나 만들어 가는 과정은 더할 나위 없는 즐거움이었다. 연못의 홍수량과 배수 용량, 물넘이의 높이를 가늠할 때엔 옛날 학창시절이 생각났다. 원두막에 앉아 좋은 글 읽을 때면 옛 선비를 생각했다.

많은 사람과 같이 일했다. 목수·미장·콘크리트·조적·배관·전기·설비·조경 등 거의 모든 공정의 기술자들이었다. 포클레인·크레인·덤프트럭 등 중장비 기사도 수없이 불렀다. 많은 인테리어 업체와 직원이 우리 집을 다녀갔다. 시행착오도 있었지만 많이 배우기도 했다.

건설사 20년 경력도 직접 해보지 않으면 무용지물이라는 것도 알게 됐으며, '사람 다루기가 참 쉽지 않구나' 하는 것도 새삼 느꼈다. 집 짓고 가꾸고 만드는 동안 내내 그랬다. 그래서 이제 웬만한 일엔 잘 놀라지 않거니와 누가 집 짓는다 하면 참견할 만큼 됐다.

무언가 일이 잘 안 풀리거나 마음 울적할 때, 직장 그만두고 야인으로 돌아갈 때, 무언가 골똘히 생각하고 다짐할 때 이곳 산막에서 나는 새로운 힘과 용기를 얻었다.

세상이 아무리 나를 속이고 버려도 언제든 돌아갈 곳 있다는 사실만큼 든든한 것이 없다. 그래서 더욱 당당할 수 있고, 자신 있게 '전원장무호불귀田園將蕪胡不歸'를 읊조릴 수 있다고 믿는다. 지금도 생각난다. 비 오는 어느 저녁 메어지는 가슴 안고 산막 가던 길. 그때 귀거래사 시구인 '귀거래혜 전원장무 호불귀歸去來兮 田園將蕪 胡不歸, 돌아가자 돌아가 전원이 장차 황폐한 데 내 어찌 돌아가지 않겠느냐'가 떠올랐다.

나는 돌아가지 않으리라 했지만 내심 다시 돌아갈 날을 의심치 않았는지도 모르겠다. 그래서였을까? 이곳에서 서교 하얏트 제주 사장의 제의를 받았고, 아코르 앰배서더 코리아의 대표 제의를 받았다. 세월이나 낚고 있던 야인에게 두 번씩이나 벼슬길을 열어준 이 땅이 그래서 더 좋았는지 모르겠다.

다양한 사람들의 다양한 조합, 산막스쿨. [사진 권대욱]

많은 사람이 이곳을 다녀갔다. 이리저리 연 닿은 사람, 이런 저런 모임, 동창, 선·후배, 아내의 친구, 선생님, 학생, 멘티까지. 아마도 줄잡아 1,500명은 족히 넘을 듯하다. 청춘합창단, 계산 비즈니스포럼KBF, 다국적기업한국CEO모임KCMC, 세계경영연구원IGM도 왔다. 외국인부터 국회의원·장관·시장·연주자·시인·화가 등 온 사람의 직종도 다양하다.

자발적으로 온 사람도 있지만, 대부분은 내가 권해 왔다. 그런데 이상한 것은 한번 왔던 사람은 나를 만날 때마다 이곳 이야기를 하고, 개 안부를 묻고 또 오고 싶어 한다. 이만하면 성공이다 싶다.

여러 사람이 다녀가고 적지 않은 세월이 흐르다 보니 많은 이야기가 있다. 그런 이야기가 모여 한 역사를 이룬다. 별밤 모닥불 옆에서 나누었던 수많은 이야기와 노래가 추억이 되고, 시가 되고, 꿈이 되었다. 채소를 키웠고, 닭을 쳐봤다. 매일 아침 그 닭이 낳은 계란을 가져오는 기쁨에 젖어보기도 하고, 연못 속 버들치의 힘찬 몸짓에 희열을 느끼기도 했다.

계곡 길 원시림을 산책하며 나를 잊어도 봤고, 2년여를 혼자 칩거하며 나 자신과 처절하게 맞닥뜨려도 봤다. 분수대를 만들고 원두막을 만들었으며 나무를 해보고 장작을 팼다. 기계를 다루고 리어카를 끌어 봤다. 기르던 개가 마을 닭을 모조리 쓸어버려 거금을 물어주기도 하고, 명 다한 놈을 양지 녘에 묻기도 했다. 그 모든 것이 오늘의 나를 만들고 지탱하고 있다고 믿는다.

같이 하던 식구들이 이런저런 사정으로 이곳을 떠나고, 그들의 뜻과 몫을 내가 인수해 오늘에 이르렀지만 아직도 하고 싶은 일이 많다. 많은 일이 기다리고 있다고 생각한다.

산막의 독서는 그 질이 다르다. 한 줄 읽고 한나절을 생각하는 읽음이다.
[사진 이정환 감독]

환경·문화·먹거리 함께하는 '에코힐링 커뮤니티' 만들 터

환경Echology과 문화Culture와 좋은 먹거리Organic가 함께하는 '에코ECO힐링 커뮤니티'를 만드는 일이다. 환경을 보전하고 문화와 예술이 살아 숨 쉬는 공간을 만들며 좋은 분들에게 좋은 먹거리를 공급하는 일이 그 근간이 될 것이다. 메주 띄우고 된장, 간장 만들고 김장김치 담그고 항아리마다 아름다운 이름표를 붙여 때 되면 맛을 볼 것이다.

봄 · 가을 · 여름 · 겨울 좋은 날 잡아 연주자, 시인, 묵객들을 모시고 멋진 만남을 만들 것이다. 삶에 지쳐, 일에 지쳐 고단하고 힘든 분에게 휴식과 치유의 공간을 만들 것이다. 젊은이에게 사람으로 가는 길을 알릴 것이다. 어려운 이웃을 도울 것이다.

언제까지 그 꿈 꿀 거냐고 사람들이 말하지만 내가 꾸는 꿈은 늘 진행형이다. 아마도 내가 죽을 때까지 이 꿈 꾸기는 지속될 것 같다. 그 꿈을 꾸고 있는 동안만은 행복할 거라 믿는다.

지금부터 내가 하려는 이야기는 이곳에 터 잡고 집 짓고 사는 이야기, 그곳에서 이루려는 나의 꿈, 자연과 개들 이야기, 고독과 맨몸으로 부딪치며 얻어진 내면의 소리 등 나 스스로 체험하고 느낀 살아 있는 이야기가 될 것이다.

권대욱의 월든 이야기

여럿이 의기투합했던 펜션단지,
결국 혼자 독박 쓰다

"집 한 번 지으면 머리가 센다"라는 말이 있다. 그만큼 집짓기가 어렵다는 말일 테다. 건설에서 잔뼈가 굵은 나 자신도 그 말이 실감 나는 걸 보면 전혀 틀린 말은 아닌 것 같다.

20여 년 전 집사람은 동료 교사의 권유로 기공 운동에 입문했고, 나 역시 집사람의 권유를 받아 나름 열심히 수련했다.

곡우의 기공운동 사범 장면. 산막 손님들과 기천문 수련. [사진 권대욱]

그러다 보니 자연 열심히 수련하는 사람들끼리 모이게 됐고, 마침내 도심보다 산중에 수련원을 하나 만들었으면 좋겠다는 의견이 나왔다. 십시일반 자금을 모으고 수련원 사부님께 좋은 장소 물색을 의뢰해 결국 현재의 자리를 확보하게 됐다.

먼저 수련원을 짓고 주말에 시간 나는 회원들이 수련을 해오던 중 인근 산에서 벌목하던 적송을 싼값에 확보할 기회가 생겼다. 떡 본 김에 제사 지내는 심정으로 통나무 오두막집 7채를 지은 것이 산막의 시초다. 36.4㎡11평 정도의 8각 통나무 주택으로 초라하기 짝이 없는 집이었다. 화장실도, 전기도, 수도도 없는 열악한 환경이었지만 고즈넉한 산중의 별채는 도심에 찌든 우리의 마음을 설레게 하기에 충분했다.

물은 인근 청정계곡에서 길어다 먹었고 양 촛불로 밤을 밝혔으며 재래식 화장실로도 행복했다. 그러다 내가 대기업 사장직에서 하루아침에 물러나고 사업마저 실패하게 되자 세상이 싫고 사람마저 싫어 숨어들 듯 간 곳이 이곳이었다. 여기서 3년여를 보낸 것이 내 삶의 큰 전환점이었다. 가끔 가보던 그곳은 막상 살아보니 너무나 불편한 점이 많고 나의 말년을 보내기엔 너무나 부족한 것들이 많았다.

기존의 8각 통나무집은 나름대로 효용과 멋이 있었지만, 여러모로 불편한 점이 많았다. 단열이 되지 않아 겨울엔 춥고 여름엔 더운 데다 상하수도 시설도 없어 밥 짓고 청소하기가 여간 불편한 것이 아니었다. 추운 겨울 한밤중에 화장실에라도 갈라치면 그 행차가 자못 번거롭고 귀찮기 짝이 없었다.

노후생활 보장되는 펜션단지로 리모델링 하기로

생각 끝에 아이디어를 내어 회원들을 설득하기 시작했다. "증축해 이곳을 건강을 테마로 한 펜션단지로 만들자. 노후생활도 보장받고 오는 손님 맞는 즐거움도 있지 않을까." 다행히 모두 대찬성이었다. 있는 아이디어 없는 아이디어 다 짜내고, 다른 펜션들의 운영 실태와 현황까지 참조해 구체적 사업 계획과 운영방안을 만

꿈을 이룬 산막 옆 실개천. [사진 권대욱]

들었다. 공사는 크게 나누어 펜션 1동 신축과 기존 통나무집 리모델링, 이에 수반되는 상하수도·조경·편의시설을 갖추는 것으로 했다.

신축건물은 이곳의 정서와 기존 통나무 코티지Cottage, 전원주택

와의 조화를 최대한 고려하되, 가장 멋있고 경제적인 집을 짓고자 했다. 기존 코티지 리모델링은 외부 통나무 골격은 그대로 유지하되 내벽은 완전히 털어 단열 처리하고 화장실과 주방설비, 외부 환기시설, 2중 지붕 및 다락방을 두는 것이었다. 예쁜 조경과 인테리어가 수반되는 것은 물론이고 석축·오두막·분수대·물레방아·실개천·아크로폴리스 광장 등도 마음에 뒀다. 비록 예산 관계상 사업계획에는 포함되지 않았지만 언젠가는 이루리라 마음먹었다.

  소요 공사비 조달은 각자의 형편에 맞추되 투자한 만큼 수익이 배분되는 일종의 주식회사 형태로 운영하기로 했다. 부지 전체가 공동지분 형태로 되어 있는 점과 각자의 투자 규모와 기여도가 상이한 점을 고려해 투자비율 산정에 형평과 공정성이 최대한 보장될 수 있도록 배려했다. 운영은 당장 상주할 수 없는 회원들의 형편을 고려해 기천도장 지킴이인 눈빛 선한 젊은이에게 맡기기로 했다.

  그는 근본이 선량하고 부지런할 뿐 아니라 맨발 트레킹·단식·요가·전통 발효식품 연구에도 일가견이 있어 이곳의 정서와 테마에 가장 적합한 인물로 평가됐다. 그는 우리 사업계획의 근간에 매우 중요한 단서를 제공한 젊은이였다. 집짓기에도 없어서는 안 될 귀한 존재였다. 우리의 사업계획아니 나의 사업계획?은 이렇게 완성되고 보완되어 갔다.

그 과정 하나하나가 나에게는 더할 수 없이 신나는 일이었다. 내 손으로 무얼 계획하고 만들어 간다는 것 자체가 큰 즐거움이었다. 그것이 이뤄지고 안 이뤄지고는 또 다른 문제였다. 매일 밤 나는 아름다운 집을 짓고 손님을 맞이하며 그림 같은 삶을 사는 꿈을 꾸며 아무도 모르는 혼자만의 즐거움에 설레었다. 그 꿈은 매일 더욱 선명해지고 구체화됐으며 짙어져만 갔다.

아름다운 날들이 꿈같이 지나갔다. 내가 그리던 시설들이 들어서면 나는 산장의 주인이자 이곳 힐 타운Heal Town의 지킴이로서 할 일이 많아졌다. 시설물들과 타운 전체를 잘 관리하고 보살피는 일, 앞으로의 시설계획을 세우고 시행하는 일, 하드웨어에 걸맞은 소프트웨어를 개발하고 관리하는 일, 수익원을 개발하는 일, 효율적인 홍보 대책을 수립하고 관리하는 일 등이다.

완성된 나의 주말 별장. 올겨울의 산막 이층집. [사진 권대욱]

함께하자던 회원들, 이런저런 핑계 대며 뒤로 빼

첫 삽을 파던 날, 2003년 봄. [사진 권대욱]

꿈은 아름다웠지만 정작 그것을 이뤄 가는 길은 험하고도 멀었다. 어느 정도 사업의 윤곽이 잡히고 구체적인 시행단계에 들어가자, 그간 참여를 적극적으로 표명하던 회원들이 하나둘 뒤로 빠지기 시작했다. 자금 사정이 여의치 않다거나 아직 그럴 생각이 없다거나 표면적 이유는 다양했지만, 그 근저에는 사업에 대한 의구심과 번잡스러움에 대한 귀차니즘이 깔려있었다.

자금이 부족하면 대출이라도 하면 되지 않느냐, 무슨 사정이냐 한 번 들어나 보자, 다시 한번 생각해 보자고 달래며 같이 가고자 무던히 애썼지만 아무 소용이 없었다. 다들 생각이 달랐고 그 표현 방법도 달랐다. 역지사지易地思之란 말을 이때처럼

권대욱의 월든 이야기

절실히 생각해 본 적이 없었던 것 같다. 그 사람들의 입장에서 생각해 보니 모든 것이 이해됐다. 쉬울 것 같았던 이 일마저 간단치는 않았다.

　나는 이곳을 건강과 자연, 기천과 산중 무예, 자연 단식과 맨발 트레킹, 해맞이 명상의 테마 펜션으로 운영할 생각이었다. 회원들이 지분을 갖는 공동체이니만큼 법인 형태의 운영이 적합하리라 여겼으나 사업계획을 만들고 동의를 거치는 동안 회원들의 상황이 달라졌고 합의를 이루기엔 각자의 절실함과 확신이 부족했다. 결국 나 혼자 이층집을 짓고 끝없이 투자한 결과가 되었으나, 이에 대해 한 번도 후회한 적이 없다.

　세상에 간단한 일이란 없음을 깨닫고, 오랜 기다림과 망설임 끝에 드디어 집 지을 땅을 파는 날이 되었다. 2003년 봄이었다.

멀쩡한 집 놔두고 텐트 놀이?
사나이들의 진한 산막 캠핑

오는 4월에 산막 스쿨을 개최하기로 했다. 많은 사람들이 산막이 주는 위안,
편안함을 느끼길 바라는 마음에서 열게 되었다. [사진 권대욱]

꽃피는 봄이 오면 산막은 아연 활기를 띤다. 움츠렸던 모든
것들이 활짝 기지개를 켜고 새 생명을 노래할 즈음이면 시도
없고 때도 없고 선생도 없고 학생도 없는 이상한 학교가 기어
코 문을 열고야 만다. 4월 셋째 주말 '산막 스쿨'에는 대략 40
여 명의 손님이 자리할 것 같다. 젊은 스타트업 대표 10여 명
을 비롯해 언론인, 학자, 기업인, 환경운동가, 연주자 등 다양
한 직군의 사람이 함께 모여 밥도 먹고 이야기도 하고 노래도

부를 것이다.

산막을 사랑하는 이유는 무엇이 좋아서가 아니라 아무리 힘들고 아파도 이곳에 오면 용기와 희망이 솟기 때문이다. 아무리 초라하더라도 나를 받아주리라 믿기 때문이다. 돌아갈 곳이 있다는 것, 언제라도 내 편이 되어 줄 사람이 있다는 것. 이것만큼 사람을 위안하는 것이 있는가. 나뿐 아니라 모든 이의 그런 곳이 되면 좋겠다. 산막 스쿨의 존재 이유다. 발견이란 이 세상에 없던 것을 새로이 찾아내는 것이 아니라 새로운 눈으로 보는 것이다. 오늘 또 새로운 산막의 모습을 본다.

아련하고 짠한 나의 봄

산막은 내가 가장 사랑하는 곳이지만 그중에서도 특히 독서당은 가히 천하와도 바꿀 수 없는 나만의 공간이다. 세상이 싫어 숨을 곳이 필요할 때도, 기쁨이 있어 혼자만 기뻐하고 싶을 때도, 언제나 이곳은 유효하다. 오늘도 독서당에 앉아 봄을 추억한다.

나의 봄은 독서당 생강나무에 노오란 꽃 피고, 햇살 따사하나 바람 아직 차고, 연못가 얼음 녹은 자리에 시냇물 졸졸 흐를 때, 바로 그때여야 좋을 듯하다. 앞들 너른 벌 아지랑이 피고 목련, 산벚꽃, 진달래, 개나리 만발해 온 세상이 봄, 봄 할 즈음이면 이미 나의 봄은 아닌 듯. 터질 듯 충만하고 부족함 하나 없는 봄에 무슨 어여쁨이 그리 있으랴. 나의 봄은 좀 아련하고 짠하고 좀 슬퍼야 할 것 같다. 조금은 수줍고 조금은 부끄러워야 할 것 같다.

독서당은 산막 곳곳에서도 내가 가장 사랑하는 공간이다. 이곳에서 독서를 통해 우주를 만난다. [사진 권대욱]

차일피일하느라 독서당 옆 매화는 아직 심지 못했다. 육당 최남선이 굴목재를 넘은 피곤을 잊고 청량한 꿈에 젖어 아쉬워했던 선암사 무우전 담장의 매화, 고려시대 대각국사가 심었던 청매와 홍매. 강릉 오죽헌의 율곡매, 장성 백양사의 고불

독서당에서 책을 읽으며 산수유, 진달래, 개나리, 산벚꽃, 목련, 조팝나무, 생강나무의 꽃을 기다린다. [사진 권대욱]

매, 구례 화엄사의 백매, 선암사 무우전의 홍매와 백매. 세월 흐른 뒤 독서당의 심산홍매, 빗방울 달린 독서당전 생강나무 벚꽃 망울이 오늘의 내 붉은 마음 알리라. 곧 생강나무가 필 것이다.

산수유, 진달래, 개나리, 산벚꽃, 목련, 조팝나무가 만개한 봄을 기다리며 오늘도 독서당에 앉아 책을 읽는다. 불과 세 평도 안 되는 공간이지만 내게는 그 어느 대궐보다 큰 지평이다. 우와, 독서의 품격이 다르구나. 두 사람 들어서면 꽉 찰 독서당. 봄 내음. 한 줄 읽고 한참을 생각하고, 두 줄 읽고 우주를 떠올리는 이곳은 나만의 성, 나만의 공간. 오늘은 책 읽다 예서 자야겠다.

하루 한 끼 골라 먹는 재미가 있긴 한데 마냥은 아니라 섭섭하긴 하다. 어제는 닭백숙에 닭죽, 오늘은 뭘까. 등심에 삼겹살이라도. 기대 가득 품고 물었는데 된장찌개라는 싸늘한 대답에 실망이 크다. 육식은 가급적 피해야 한다는 말에 "그럼 그렇지, 내 그럴 줄 알았다. 된장에 고기나 좀 넣어." 이렇게 타협하려다 그래도 어디냐, 따슨 밥에 된장국이라니 그만도 얼마나 다행이냐. 또 이렇게 절대 긍정으로 돌아오는 나다.

2층에 물이 새는데 못다 한 수도전 공사는 엄두가 안 나고, 이래저래 찜찜하고 머리 아프다는 내 말에 "걱정할 거 뭐 있소, 사람 불러 고치면 되지"라는 대답이 돌아온다. 나보다 더 느긋한 곡우. 언젠가 화상을 입어 입원했던 날, 그날 곡우 곁에 앉아 "여름 아니라 겨울이라 다행이다. 얼굴 아니라 다리라 다행"이라며 다행 타령을 이어가다 "남 아니라 내가 다쳐 정말

권대욱의 월든 이야기

다행이다"까지 이르러 서로 얼굴 보고 웃고 말았다. 그래서 그랬던가. 곡우의 화상은 흉터 하나 없이 깨끗이 다 나았다.

저녁엔 사나이들끼리 산막 캠핑

봄은 몽글몽글 오고 있는데 이곳은 모든 것이 어수선하다. 먼지도 털어야겠고, 쇼트 된 배선도 고쳐야겠고, 고장 난 리모컨도 고쳐야겠고, 터진 수도도 고쳐야 하고, 2층 동파된 화장실 변기며 배관도 손 봐야 한다. 그런데도 차일피일 미루기만 하는 나날. 산막을 찾은 똥 감독과 멀쩡한 집 놔두고 텐트 놀이가 한창이다. 곡우는 결코 모를 것이다. 사나이들의 아웃도어가 얼마나 진한 것인지를….

대접할 것은 마땅찮고, 점심은 떡라면으로 후루룩하고, 저녁은 정 소령 불러 닭 한 마리 삶으련다. 자유 영혼 똥 감독은 버려진 자전거 고친다고 왔다 갔다 하고, 하 원장은 황토방 짓느라 여념이 없고, 나는 따사한 봄볕에 졸며 깨며 글질이다. 이 감독의 텐트도 접수하고 한가로이 책을 읽는다.

산막 캠핑은 사나이만의 진한 우정이 깃들어 더욱 재미있다. 산막을 찾는 벗들과 책도
읽고, 글도 쓰고, 라면도 먹고, 자전거도 고친다. [사진 권대욱]

　따사로운 햇볕과 바람 소리 물소리 함께하는 독서는 한 줄
읽고 온종일 생각하는 여유가 있어 좋다. 황토방 다되면 내가
먼저 자 보련다. 하 원장네 닭도 맘 내키면 내가 서리하고. 먼
저 보는 이가 임자인 우리 산막.

　오늘도 하루가 간다. 닭 잡으러 간 정 소령. 병아리 사서 기
르고 있나 왜 아직인가. (ㅎㅎㅎ) 옆집 함 사장은 돼지고기 사 들
고 이제 왔다. 산막이 꽉 차는구나.

산막의 봄, 수도 밸브를 여니
얼었던 물이 아우성치며 나온다

산막에서 한잠 푹 자고 일어나, 집에 봄을 맞을 준비를 했다. 잠을 잘 자서 그런지 마음이 가뿐했다. [사진 권대욱]

밤늦게 산막에 와 한잠을 잘 잤다. 잠이 보약이란 말 그대로 가뿐한 마음으로 일어나 데크며 벤치며 원두막이며 쓸고 닦고

곡우가 조팝나무 가지를 쳤다. 곧 조팝꽃, 복사꽃으로
사방이 알록달록한 봄 천지가 될 것이다. [사진 권대욱]

봄맞이 손님맞이 채비를 한다. 분수도 틀고 오디오도 점검하고 곳곳에 쌓인 먼지며 낙엽이며 모두 모아 솔가지와 함께 겨울을 태운다.

제비꽃을 보고 어린 새의 재잘거리는 소리를 들으며 꽃잔디의 우렁한 빛을 보니 이제 바야흐로 봄이 왔다. 개울 건너 과수원에는 부지런한 농부의 손놀림이 재바르고, 곡우는 며칠 배운 가드닝으로 조팝나무 가지를 치니 머지않아 조팝꽃 복사꽃 울긋불긋 핀 꽃 대궐을 볼 것이다. 사방이 봄이다. 나는 드디어 원두막에 오른다.

권대욱의 월든 이야기

연못 물 끌기 프로젝트

산막 독서당 뒤에 졸졸 흐르는 물줄기 하나가 있다. 늘 많이 흐르지는 않지만 끊이는 법은 없어 계절 관계없이 책 읽을 때면 동무가 되어준다. 이 물이 독서당 아래 연못으로 연결되기는 하나 맨땅이다 보니 이리저리 손실이 커 못을 채우기엔 부족함이 많다. 하여 15년 전 분수대 만들던 신공으로 연못 물 끌기 프로젝트를 계획한다.

우선 개거냐 암거냐를 생각한다. 개거가 흐르는 물을 볼 수 있어 좋긴 하나 자재 수배와 시공이 만만치 않다. 일단 고려 대상에서 제외하고 집수정+파이프라인으로 계획한다. 이것이 무슨 리비아 대수로 공사도 아니고 그저 적절한 집수정_{장마나 홍수 때 떠내려가지 않을 묵직한 놈으로} 하나 구하고 집수정 토출구에 파이프를 연결해 연못 돌 위로 떨어뜨리면 되지만 막상 시행하려면 이것저것 고려할 일이 많다.

우선 파이프의 재질과 구경을 정해야 하는데 겨울에도 얼어 터지지 않아야 하고 최대 토출량을 커버할 만한 구경이어야 한다. 파이프 재질은 흑색 고무관 또는 PVC가 좋을 듯하고 용량은 50mm면 충분할 듯하다.

자, 계획은 세웠으니 실행만 하면 된다. 그러나 막상 자재 수배하려면 읍내까지 나가야 하는데 일요일이라 문 연 곳이 있을지 모르겠고 마음만 급해진다. 지금 이 시각에도 물은 흐른다. 아무런 효용 없이 그냥 낭비되는 물 보고 있자니 속이 터진다. 그까짓 물 뭐가 그리 귀한가 하겠지만 내게는 황금보다 귀한 물이다. 급한 마음에 정 박사 아우에게 전화하고 부탁한다. 제발 오늘 중에 마치면 좋겠다. 아우야, 빨리 온나!

봄의 산막은 손볼 것이 많다. 낙엽과 솔가지를 모아 치우고, 연못 공사도 해야 한다.
이런 많은 일들을 우리 부부 둘이서만 해내지 못하기에, 고마운 이웃의 도움을 받기도 한다.
[사진 권대욱]

권대욱의 월든 이야기

산막엔 늘 일이 많다. 계절이 바뀌는 봄철엔 특히 그렇다. 이때쯤이면 억만금 주는 사람보다 일손 도와주는 사람이 제일 고맙고 귀하다. 오늘 산막은 고마운 친구들 덕에 멋지게 봄 단장을 했다. 우리 부부로서는 엄두도 못 낼 일이라 차일피일 미루었었는데 큰 숙제를 마친 기분이다. 낙엽을 긁고 잔가지들을 치고 회양목을 다듬고 그들을 모아 태워버리고 먼지투성이들인 신발들을 씻어 말리고 백일홍을 심고, 그렇게 겨울을 태우고 봄을 심었다. 고맙다 친구들.

봄에는 모든 걸 점검한다. 야외 부엌의 수도도 연결하고 온수기 드레인도 닫고 2층 수도도 연결하고 닫았던 밸브도 활짝 연다. 분수도 튼다. 겨우내 꽁꽁 얼었던 물이 아우성치며 화장실이며 주방이며 욕실이며 마구마구 터져 나올 때, 비로소 산막은 기지개를 켜고 손님 맞을 채비를 한다.

얼마나 혹독했던지, 지난겨울은 관로 속 밸브 속에 남아 있던 물이 얼고 팽창하며 갈 곳 몰라 헤매다 공고한 쇠를 깨부술 정도의 힘이었다. 수전도 터지고 욕실의 샤워기도 터지고. 꼬마 전열등이라도 달아두는 수밖에.

아직 구불구불 울퉁불퉁한 산막 길. [사진 권대욱]

독서당에서 새벽 독서

산막에 빼놓을 수 없는 것 중에 독서가 있다. 새벽 4시, 사방은 고요하고 들리느니 물소리 새소리뿐인 좋은 시간이다. 날은 춥고 바람은 거세지만 이곳 독서당의 독서는 한 줄 읽고 온

권대욱의 월든 이야기

종일 생각하게 하는 독특한 품위가 있다. 히터를 켜고 바닥을 덥히고 최적의 독서환경을 만든다. 이것저것 가리지 않고 물처럼 바람처럼 읽는 편이지만 때로는 특정 주제에 집중하기도 한다.

산막 길이 크게 달라졌지만, 아직도 구불구불 울퉁불퉁하다. 게다가 물길까지 있으니 오프로드 질주 본능을 크게 자극한다. 달리고 싶었지만, 곡우와는 어림도 없는 일이라 홀로 차를 몰고 짜릿하게 달려본다. 계곡 물길을 거침없이 가르는 이 자유는 무애지지無碍之地, 걸림 없는 자유의 땅가 주는 또 하나의 선물이다. 이런 글들 모아 더하고 빼고 붙이면 산막일기가 된다. 보는 것, 듣는 것, 행하는 것, 거기에 생각하는 그 모든 것조차 산막일기의 재료일 테니 쓸 것 없는 걱정은 안 하겠다.

뉘라서 시켜 이 짓을 하랴. 제 좋아서 하는 일 말릴 자가 있겠는가. 나는 집을 짓고 닭장을 짓는 게 아니다. 산막스쿨은 체계도 없고 정해진 커리큘럼도 없다. 누구나 다 선생이 되고 누구나 다 학생이 되며, 무엇이든 과목이 되는 학교다. 다만 하룻밤 지나고 나면 이제까지 잘 살아왔지만, 지금부턴 더 잘 살아야겠다는 결심 하나로 족하다. 나는 그런 그 산막스쿨을 만들고 있는 거다.

뜨거운 감성을 나누고 싶다…
페친과 '산막 번개'

봄이 곳곳에 묻어있는 산막. [사진 권대욱]

몸을 움직여 무언가를 한다는 것, 눈에 보이고 귀에 들리는 확실한 성취를 얻는 것, 그것은 살아있음의 징표이고, 관념 아닌 실제요, 차가운 이성 아닌 뜨거운 감성이다. 살아있음을 느끼고 뜨

산막 번개 공고

일시: 2024년 모월 모일 토요일 오후 1시부터
장소: 강원도 원주시 귀래산막
행사 일정: 작업(잔디깎기+잡초제거+단지청소), 식사, 토크, 여흥
신청: 선착순 10명 신청받습니다!

권대욱의 월든 이야기

거운 감성을 누리고자 가끔 페친분들과 함께하는 산막 번개를
공고한다.

뜨거운 태양 아래 잔디를 깎고 석양 어스름 그늘에서 파란
뜰을 바라보는 것, 호스를 잘라 노즐을 연결하고 뿜어 나오는
시원한 물줄기를 바라보는 것, 오디오를 노트북에 연결하고
웅장한 떨림을 온몸으로 느껴보는 것. 이 모두가 살아있음의
확실한 징표이자, 더 확실히 살고픈 강렬한 동기다.

산막스쿨을 다녀간 다양한 사람들. [사진 권대욱]

행복은 관념이 아니다. 습관이자 노력이며, 미래가 아닌 지금이다. 행복했던 순간을 인식하고, 기억하라. 그리고 반복反復하라. 몸으로 체득한 행복만이 오래 남는다. 몸 움직여 일해야 하는 이유이자, 산막 번개를 하는 이유다.

다양한 사람들이 함께하다 보면 새로운 산막스쿨의 전형을 보기도 한다. 1박 2일, 16시간의 짧은 시간. 우리 부부를 포함해 총 6인은 짧은 만남이었지만 많은 이야기를 나눈다. 삶과 꿈, 여행, 뇌 과학, 스마트 워크, 신규사업 등 이야기는 끝이 없고 울림은 크다. 외국인 전용 산막스쿨, 에어비앤비 함께하는 여행… 이루어지지 않을 수도 있지만 그런 꿈이 있다는 자체로 우리는 행복하다. 꿈이란 그런 것이다. 봄비 내리는 산막에서 또 하나의 꿈을 만든다.

일일청한 일일선一日淸閑 一日仙. 하루라도 마음이 맑고 한가로우면 그 하루 동안은 신선이라. 주말에 귀한 손님들이 오신다니나 잔디 깎고 풀을 베리라. 그냥 앉아 쉰다고 신선은 아니다. 좋은 마음으로 일하면 그 마음이 맑고 한가롭고, 마음 한가롭고 맑으면 그게 바로 신선 되는 길일 것이다. 무애지지에서 무경계를 산다.

겨우내 쌓였던 낙엽을 긁어내고, 소나무를 비롯한 수목의 가지치기를 한다. 만수산처럼 얽힌 덩굴들을 걷어내고 새싹들을 보살피며 두런두런 이야기를 나눈다. 바람은 살랑이고 물소리는 청아한데 어디서 나는가 향긋한 솔향. 가지째 꺾어 방으로 원두막으로 데려간다. 잠시 쉬며 먼 산 바라보고 있자니 20년 전 닭장 하나 앉히며 썼던 글구 하나가 떠오른다.

솔바람 물결소리
세월은 이리도 빠른데
저 어린 소나무 낙락장송 될 날을 꿈꾸는 나는 누구인가?

나를 신선으로 만드는 산막의 일거리들. [사진 권대욱]

거침없는 자유의 땅 무애지지無碍之地에서 자유를 생각한다. 온전한 나의 삶을 생각한다. 걸림 없는 대자유의 땅이라 이름

하였지만 결국은 그것을 갈망하는 자들의 땅이었을 것이다. 오늘도 청산은 내게 나 되어 살라지만 나는 아직 나 되지 못하고 부질없는 꿈을 좇는다.

천상천하 유아독존天上天下 唯我獨尊. 이 세상 가장 존귀한 존재는 바로 나 자신이요, 그래서 사람은 자기 자신으로 온전할 때 행복한 것이리라. 언젠가 말한 적이 있다. 어느 누가 당신 삶에서 가장 소중한 가치가 무엇이냐 묻는다면 잠시의 주저도 없이 그것은 '자유'라 대답하겠노라고. 그것이 나를 나로서 온전히 살게 하고 진정한 행복을 주기 때문이었을 것이다.

비는 촉촉이 오는 비가 좋다. 세게 오는 비는 흙을 갉고 휩쓸어 홍수를 만들지만 촉촉이 오는 비는 대지를 적시고 땅속에 스며들어 천천히 내뿜으며 만물을 이롭게 한다. 산막에 애정하는 연못 하나. 늘 살펴보며 이러면 어쩔까 저러면 어쩔까, 생각이 많다. 비 왔다고 바로 물 많아지지 않음을 보고, 품었다 모아져 내뿜는 데도 시간이 걸리는 것을 보고, 수량 또한 일정치 않고 모였다 토한 뒤로는 또 모일 때까지 시간을 갖는 것을 보고 자연의 섭리 하나를 또 깨닫는다.

권대욱의 월든 이야기

애정하는 연못, 오늘도 깨달음을 주는구나. [사진 권대욱]

세상사에도 이 원리가 있음을 잊지 말아야겠다. 연못 물이 풍부해졌다. 들어오는 물이 나가는 물보다 많으면 채워지는 것이요, 나가는 물이 들오는 물보다 많으면 비워지는 것이니 재산도 지식과 지혜 또한 이와 다르지 않을 것이다. 자연에서 배운다.

비 오는 산막을 뒤로하고 아쉬운 발걸음을 옮긴다. 봄의 단서들은 곳곳에 넘쳤는데, 조불조불 올라오는 냉이며 쑥들이며 지금 보기는 좋다만 잔디밭엔 잡초다. 적절한 시기에 관리해야 했는데 시기를 놓쳤다. 도 닦는 마음으로 하나하나 뽑을 수밖에. 그렇게 뽑다 보면 풀을 뽑는지 마음을 뽑는지 모를 지점이 온다. 무념무상. 내가 풀을 뽑는 것인지 풀이 나를 뽑는 것인지 모를 그런 지경을 겪어보아야 진정 풀을 뽑았다 할 것이다.

급할 것도 서두를 것도 없다. 그렇게 마음의 잡초를 뽑는 것이니, 그 힘 하나로 또 세파를 헤쳐 나가는 것일 게다. 산막은 그런 곳이다. 늘 배움이 있고 가르침이 있다. 그래서 인생학교. 삶의 기술을 말하는 것 아니겠나.

산막의 최애 아이템,
독서당서 듣는 새벽 빗소리

  사람들이 묻는다. 왜 산막에 사람들을 불러 밥 먹이고 재우고 놀고 하느냐고. 밥이 나오느냐 떡이 나오느냐고. 나는 밥도 안 나오고 떡도 나오지 않지만 사람이 나오지 않느냐고 되묻는다. 내가 산막에 사람 불러 밥 함께 먹고 이야기하고 별밤 헤아리는 뜻을 사람들은 잘 모를 게다.

  한 사람을 연으로 지인들이 모이고 그 지인들이 또 서로 지인들이 되고 그 지인들의 지인들이 또 새로운 지인들이 된다. 교수, 여행가, 방송인, 전문직업인, 연주자, 학생, 젊은 직장인들이 대자연 속에서 서로를 알아가는 과정은 참 자연처럼 자연스럽다. 그저 그 아름다운 과정의 한 부분이고 싶을 뿐, 그 이상의 욕심은 부리려 하지 않는다.

  오늘 돌아가는 이들이 어제 돌아간 이들의 말들에 이어 또 말들을 남길 것이고, 나는 그 말들 속에서 그날을 생각할 것이다.

유쾌하고 뜻깊은 자리였다. 바쁘신 분들은 돌아가시고 봄볕에서 뒷정리. 땀 흘린 뒤의
상쾌함, 무언가 이루었다는 성취감, 노동의 즐거움과 몸과 마음이 따로 아님을 알 것이
다. 기억에 남을 것이다. 환상의 저녁노을 멋진 구름과 함께한 뭉친 인연들. [사진 권대욱]

그들이 잘되기를 바랄 것이다. 그로 인해 어떤 일이 벌어질지
는 모르겠지만 그 모두 세상의 빛이 될 것이라 믿는다. 추억이
란 그런 것이다. 늘 말하지만 사람이 먼저다. 사람이 좋아야
일도 좋은 것이다.

산막에 다녀간 사람 1,500여 명

지난 십수 년 산막에 다녀간 사람이 1,500여 명 되는 것 같다. 시도 때도 없고 과목도 없고 누구나 선생이 되고 누구나 학생이 되는 산막스쿨. 거창할 것도 없고 그렇다고 초라하거나 남루하지도 않은 그냥 의미 있는 인생학교다. 때로는 서너 명이, 많게는 50여 명이 함께 하룻밤 좋은 말도 듣고 자신의 이야기도 하고 공부도 하고 밥도 먹고 놀기도 한다.

그중 함께 노는 일 또한 중요한 일정 중 하나다. 노래도 하고 악기를 연주하기도 하고 노는 방법도 다양하지만, 오랜 경험에 비추어 가장 만족스러운 것은 뭐니 뭐니 해도 함께 노래 부르는 싱어롱인 듯싶다. 모닥불 아래에서 기타 반주에 맞춰 귀에 익숙한 노래를 함께 부르는 기억은 오래 남는다.

식기는 깨끗이 씻어 햇볕에 바짝 말린다. 그래야 윤기 나고 오래 간다. [사진 권대욱]

산막스쿨이 끝나면 그릇들은 씻겨져 햇볕을 맞고, 이불들은 널려져 초하의 양광을 받는다. 바비큐 그릴은 반짝반짝 윤기를 더하고, 나의 것은 나의 것으로, 너의 것은 너의 것으로 제각각 제자리를 찾는다. 고맙다는 말로는 부족하다. 그 수고로움에 경의를 표하고 마음에 깊이 담는다. 자장가를 들으며 하늘을 본다. 눈이 부시게 푸르른 날, 그리운 사람을 그리워한다.

산막에 애정하는 것이 많으나 그중 으뜸은 독서당에서 듣는 새벽 빗소리 아닐까 한다. 후두둑 후두둑 떨어지는 빗방울이 양철 지붕을 통해 전해지고 둥지 튼 어린 새소리들이 새벽 적막을 깨울 때면 나는 비 맞지 않는 안온함과 비 온 후의 맑은 계곡을 생각하며 행복해진다.

풍성해질 연못 물과 그치지 않을 낙수 생각에 그 행복을 더하는 것이니, 이 순간만큼은 누구에게도 빼앗기기 싫은 나만의 시공이다. 늦잠 깬 아내는 아침상을 차릴 것이고, 나는 아무 말 없이 내리는 비를 바라보며 밥을 먹고 빗소리 들으며 한잠을 달게 잘 것이다.

권대욱의 월든 이야기

별 헤는 밤

　나는 해가 뉘엿 넘어가고 모든 생명 우주의 천 리 앞에 숨죽여 읊조리는 이 시간이 제일 좋다. 삶과 일과 꿈과 사랑하는 사람들이 그리워지는 이 시간. 오늘은 별이 좋을 것 같다. 별 노래 부르며 이 아름다운 밤을 맞으련다.

저녁노을은 아름답고도 슬프다. 눈부시지 않다. 삶을 돌아보게 만든다. 나 또한 불타는 저녁노을같이 직이불사 광이불요(直而不肆 光而不耀)의 삶으로 이 세상을 좀 살 만하게 만드는 데 작은 힘이 되었으면 좋겠다. 이 시간을 사랑한다. [사진 권대욱]

바람이 서늘도 하여

뜰 앞에 나섰더니

서산머리에 하늘은 구름을 벗어나고

산뜻한 초사흘 달이 별 함께 나오더라

달은 넘어가고 별만 서로 반짝인다
저 별은 뉘별이며 내별 또 어느게요
잠자코 홀로 서서 별을 헤어보노라

권대욱의 월든 이야기

"왜 홀로 산막에?"
누군가 묻는다면…

봄이 어디쯤 왔나? 누리 앞세워 뒷산에 올랐더니 아직도 봄은 오지 않았다 하더라. 혹시 싶은 마음에 누리 뒤를 쫓았으나 아이들은 보이지 않았다. 아직도 봄이 아니면 아니지 싶어 원두막에 올라 본다. 얼마 만인가? 이렇게 맑고 명징한 의식으로 나의 봄을 기다려 본 것이. 보이지 않는다고 오지 않는 것은 아니다.

'함께'가 오래다 보니 '따로'가 그리워진다. 코로나가 한창일 때는 곡우 여행 갈 때가 되었는데 이놈의 코로나 때문에 가질 못하니, 곡우도 나도 익숙지 않았다. 그때 내가 갈까 보다 했더니 자기가 간단다. 에라, 모르겠다. 금강산도 식후경이라니 일단 먹고 보자. 해물 미나리전에, 콩나물국밥에, 오이소박이. 여기에 막걸리 한 잔이 빠질 수 없지.

코로나 때문에 산막에 콕 박혀 지냈을 때도 먹방이 빠질 수 없었다. [사진 권대욱]

함께 있되 거리를 두라

그래서 하늘 바람이 너희 사이에서 춤추게 하라

서로 사랑하라

그러나 사랑으로 구속하지는 말라

그보다 너희 혼과 혼의 두 언덕 사이에

출렁이는 바다를 놓아두라

서로의 잔을 채워 주되 한쪽의 잔만을 마시지 말라

서로의 빵을 주되 한쪽의 빵만을 먹지 말라

함께 노래하고 춤추며 즐거워하되 서로는 혼자있게 하라

마치 현악기의 줄들이 하나의 음악을 울릴지라도

줄은 서로 혼자이듯이

권대욱의 월든 이야기

사람의 루틴은 이렇게 중요하다.

이 세상에 많은 물음이 있다. 대답이 필요한 물음도 있고 답이 없는 물음도 있으니, 반드시 답이 필요한 물음은 심오하지 않고, 심오한 물음에는 답이 없다. 왜 사느냐? 왜 산속에 있느냐? 그럴 땐 그냥 슬며시 웃기만 하자. 이 세상 가장 멋진 대답은 '소이부답笑而不答'. 소이부답심자한笑而不答心自閑, 빙그레 웃을 뿐 대답하지 않으니 마음이 절로 한가로운 것이다. 소이부답의 출처 이백의 산중문답山中問答 전문은 다음과 같다. 읽어보시라. 웃으시고 한가로우시라.

問余何 事棲碧山笑(문여하 사서벽산소)

－묻노니 그대는 어찌하여 푸른 산에 사느뇨

笑而不答心自閑(소이부답심자한)

－웃을 뿐 답하지 않으니 마음 절로 한가롭다

閑桃花流水(한도화유수)

－복사꽃은 흐르는 물에 아득히 떠가니

杳然去別有 天地非人間(묘연거별유 천지비인간)

－별천지에 있는 것이지 인간 세계가 아니로다

問余何 事棲碧山笑(문여하 사서벽산소)

－묻노니 그대는 어찌하여 푸른 산에 사느뇨

而不答心自(이부답심자)

－웃으면서 대답하지 않으니 마음은 절로 한가롭네

기다리는 즐거움이 있다. 그래서 산막이고 그래서 스쿨이다. 나는 산막의 신새벽,
서서히 밝아오는 아침을 좋아한다. [사진 pexels]

왜 회사에 다니나? 왜 홀로 산막에 있는가? 이에 대한 대답
은 언제나 소이부답笑而不答. 오늘의 내 심사가 딱히 그렇다.

몸을 움직일 때마다 내가 살아 있음을, 몸과 맘이 둘이 아님
을 느낀다. 하지만 혼자 하기는 힘들어 때로는 페이스북 친구
들의 도움을 받는다. 그래서 이름하여 오늘은 나무데이. 계곡
공사로 베어진 잡목은 다음 기회에 정리해야겠다. 그 뿌듯함
은 말로 못 한다. 그 만족을 알기에 그날을 기다린다. 그날도
나무데이, 진짜 나무데이다. 언제일지 모르지만 장비 준비하
고 날 잡을 거다.

기다리는 즐거움이 있다. 그래서 산막이고 그래서 스쿨이다. 나는 산막의 신새벽, 서서히 밝아오는 아침을 좋아한다. 산새 지저귀는 소리나 장작불 타는 소리, 굴뚝에서 피어나는 파란 연기를 좋아하고 그로부터 얻어지는 마음의 평온을 좋아한다. 산막의 아침에는 자유가 있다. 무엇이든 할 자유, 아무것도 하지 않을 자유다. 무엇이든 해야 할 것 같고 무엇이든 이뤄야 할 것 같은 이 세상에서 공부하고 싶을 때 공부하고 자유롭고 싶을 때 자유로울 수 있다는 사실은 얼마나 위안이 되는가?

이 세상 모든 일엔 양면이 있다. 좋은 일이 있으면 반드시 나쁜 일이 있고, 나쁜 일이 있으면 반드시 좋은 일도 있다. 그러니 좋기만 한 일도 없고 나쁘기만 한 일도 없다는 말이다. 공자의 조카 공멸과 제자 복자천이 각기 벼슬하여 잃은 것과 얻은 것만 말하고 있지만, 공멸인들 잃기만 했겠으며 복자천인들 얻기만 했을 것인가.

코로나 또한 마찬가지다. 코로나로 많이 잃었다면 반드시 얻는 것도 있을 것이다. 그것이 세상의 이치다. 경제가 나빠지고, 장사가 안되고, 움직일 수 없고, 우울해지고, 사람 간의 신뢰가 무너지고, 이루 말할 수 없는 나쁜 점이 있겠지만, 좋은 점인들 왜 없겠는가? 그렇게 생각할 수 있어야 한다는 거다. 지금 이 시점에서 무슨 거대한 담론을 말하려는 게 아니다. 우울한 시기 잠시 가벼운 이야기로 여유를 찾아보자는 이야기다. 이 또한 지나간다. 모두 파이팅.

산막엔 봄,
마음은 어느새 귀거래사 읊는 두보

　겨우내 쌓인 눈 녹인 물로, 어젯밤부터 내린 적지 않은 봄비로 산막 계곡의 물소리가 깊고 웅장하다. 비 오는 산막을 뒤로하고 아쉬운 발걸음을 옮긴다. 봄의 단서는 곳곳에 넘쳤는데 냉이며 쑥이며 지금 보기는 좋다만 잔디밭엔 잡초다. 적절한 시기에 관리해야 했는데 시기를 놓쳤다. 도 닦는 마음으로 하나하나 뽑을 수밖에.

　그렇게 뽑다 보면 풀을 뽑는지 마음을 뽑는지 모를 지점이 온다. 무념무상이 따로 없다. 내가 풀을 뽑는 것인지 풀이 나를 뽑는 것인지 모를 그런 지경을 겪어보아야 진정 풀을 뽑았다 할 것이다. 급할 것도 서두를 것도 없다. 그렇게 마음의 잡초를 뽑는 것이니 그 힘 하나로 또 세파를 헤쳐 나가는 것일 거다.

　산막엔 봄이 가득하다. 메마른 대지는 갈증을 풀고 수목은 신록을 틔우며 계곡의 물소리는 장엄하다. 일 년 중 가장 예쁜

권대욱의 월든 이야기

색을 자연이 내보내는 시기다. 나는 어느덧 귀거래사 읊으며 고향길을 향했던 두보의 마음이 된다. 마음이 형形=육체의 역役=노예으로 있었던 것을 반성하고, 전원에 마음을 돌리고, 자연과 일체가 되는 생활 속에서만이 진정한 인생의 기쁨이 있다고 주장하는 두보의 마음이 된다.

참 많이도 말했다. 무항산無恒産 유항심有恒心. 전문경영인이 어떤 회사의 경영을 맡는다는 것은 조선 시대의 선비가 벼슬길에 나가는 것과 닮았다. 임금에게 내침을 당하거나 임금 하는 꼴이 맘에 들지 않을 때도 자리에 연연하지 않았다. 칭병하거나 부모님 시봉 등을 이유로 사직상소를 내고 낙향했으며 벼슬을 구걸하지 않았다. 낙향하여 그들이 한 일은 서생들 모아 사람의 도리를 가르치거나 강태공처럼 빈 낚싯대 드리고 세월을 낚았다. 그러던 어느 날 반정이라도 일어나거나 스스로 맘을 바꿔 왕이 찾으면 살펴 나갈 만하면 다시 벼슬길을 나가곤 했다. 그러나 나갈 만하지 않으면 죽어도 나가지 않았다.

이런 나가고 듦의 원칙은 첫째도 명분, 둘째도 명분이었으며 결코 가벼이 부귀와 명예를 좇지 아니하였다. "대장부 세상에 나서 쓰이면 죽을힘을 다해 충성할 것이요. 쓰이지 못하면 농사짓고 말아도 또한 족한 것이니 권세 있는 자에게 아첨해 영화를 탐내는 것은 내가 부끄러워하는 바다"라는 대장부 정신

에 투철하였다. 무항산無恒産 유항심有恒心의 선비정신이요, 진
정한 군자만이 가능한 길이라 했던 바로 그 길이다. 제대로 된
선비, 제대로 된 경영인의 길은 이처럼 멀고도 험하다. 오늘
날 이런 정신으로 사는 사람이 과연 몇이나 되겠나? 나 또한 다
르지 않다. 산막의 아침, 창가에 핀 외로운 꽃 하나가 고고하다.
감자 한 톨로 한나절을 버티며 군자고궁君子固窮 무항산無恒産 유
항심有恒心의 길을 살펴본다.

[권대욱TV] https://youtu.be/P3LbeF3m10s?si=6oMc3Ht1RCdmfT09

 봄맞이 대청소를 한다. 독서당, 평상, 원두막, 아래 데크, 의
자, 책상, 닭장, 창틀, 야외 부엌, 에어컨, 실외기까지 겨우내
묵은 먼지와 때를 고압 세척기로 말끔히 밀어냈다. 깔끔해진
모습을 보니 힐링이 되는구나. 내 마음의 때도 함께 벗겨지는

권대욱의 월든 이야기

기분이다. 다음은 창고 정리다. 없는 게 없는 창고. 일단 먼저 모든 짐을 꺼내어 본다. 그동안 쌓여있던 먼지를 털어내며 버릴 것과 보관할 것을 분류한다. 버리기만 잘해도 절반은 성공이라는 각오로 임한다. 꺼내어 좋은 공구는 잘 작동하는지, 녹이 많이 슬진 않았는지, 사용에 문제는 없는지 살펴본다. 어느새 창고에 숨어있던 각종 짐은 마당을 채우고 날은 저문다. 이렇게 창고 정리를 마쳤다. 사부작사부작 소일 삼아 하니 큰 힘 안 들이고 깨끗해졌다. 이제 어디에 무엇이 있는지 잘 안다. 아, 버리는 것이 제일 어렵구나. 내일은 반대편 창고다.

산막 대청소 3일 차다. 아래층 창고, 보일러실, 야외 부엌, 원두막, 독서당, 곡우 초당 뒤 창고 및 보일러실, 돌계단을 실외용 진공청소기로 불고 닦는다. 청소기 기능 중에 블로어 기능이 있어 편리하다. 빨아서 안 되는 것은 불어서 날리는 것이니 기능이 오묘하다. 하긴 흡입과 배기는 양날의 검이니 모터 하나로 해결이 될 법도 하다. 데크 책상에 앉아 깨끗해진 주변을 돌아보니 마음이 한가롭다. 다만 전기선과 물 호스를 끌고 이동하는 게 쉽지 않아 도와줄 사람 하나 있었으면 좋겠다는 마음은 어쩔 수 없다. 예전 산막 공사할 때 보조를 데리고 다니던 일꾼의 마음을 이해한다. 무어든 자신이 해봐야 느낄 수 있다. 그래서 산막은 학교다. 인생학교School of Life가 멀리 있지 않다. 오후엔 오랜 산막지기가 아드님과 함께 돼지국밥을 사들고 온다니 아주 수월하겠다.

산막은 대청소 중. [사진 권대욱]

　이곳 산막에서 기백이 누리와 함께하는 시간은 천금같이 귀
중한 시간이다. 그래서 이곳은 늘 내게 고마운 곳. 하루 열아
홉 시간의 깨어 있음도, 흔들림 없는 신념도, 모두 이곳 때문
이라 생각하니 그 소중함이 더욱 무겁게 다가오는 아침이다.
처음부터 그럴 생각으로 만든 것은 아니었다. 어찌어찌하다
보니 하나둘씩 생기게 되고 세월이 길다 보니 이들이 모여 하
나의 공간을 이루게 된 것이다.
　34년 전 중동에서 모래바람 맞으며 밤낮으로 고생하던 시절,

그때 내 마음에 국가와 민족이 있었던 것이 아니듯. 그러나 세월이 지나 생각하니 그것이 바로 애국애족의 길이었듯. 그렇게 자연스레 만들어진 것일 거다. 처음부터 여기에 무얼 만들어야지 만들어서 뭘 해야지 그런 의도를 가지고 시작했다면 결코 이런 자연은 만들어지지 않았을 것이라 생각한다. 우리 인생의 모든 일이 다 그런 것 같다. 그래서 자연이라 하고 그래서 그것이 더욱 고귀하고 아름다운 것일지도 모르겠다. 누리 귀도 이제 제법 서 가는구나. 진돗개가 맞긴 한 모양이다.

하루를 마무리 짓는 나의 위치는 언제나 같다. 의자를 정리하고 테이블을 접고 창고를 닫고 바비큐 기계를 제자리에 놓고 커버를 씌우고 전선 코드를 뽑고 스피커 커버를 씌우고 원두막 테이블을 접고 수도꼭지를 잠근다. 그리고 나면 나는 눕는 의자 하나, 앉는 의자 하나, 데크에 내고 지는 해를 바라본다. 바람과 공기를 느끼며 풀벌레 소릴 듣는다. 하늘을 바라보며 생각에 잠긴다. 손도 돌아가고 고추 따는 사람도 모두 가버린 지금 이 순간의 적막을 즐긴다. 내일은 내일의 태양이 뜰 것이고, 나는 또 일상의 물결에 몸을 맡길 것이다. 그렇게 살아왔듯 또 그렇게 살아갈 것이다. 곡우가 밥 먹으라 부르면 나는 휘적휘적 곡우가 준비한 저녁을 먹고 또다시 밤바람을 맞을 것이다. 이렇게 살아서는 안 되겠다 생각하며 온몸을 온 마음을 불사를 무엇을 찾는다.

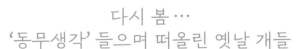

다시 봄…
'동무생각' 들으며 떠올린 옛날 개들

2월의 마지막 날. 곧 경칩이 오고 봄이 오겠지. [사진 pixabay]

서울서도 산막을 본다. 눈이 올 것 같더라니 펑펑 쏟아지고 있네! 어제 아구찜 먹으며 뒷 테이블 이야기 들리길래 들어보니 네 사람 모두 주식 이야기더라. 하기야 곡우마저 주식 공부에 열 올리니, 누군가는 이때가 팔 때라 하더만…. 누가 알겠는가, 귀신도 모른다는데. 과유불급 조심하자.

권대욱의 월든 이야기

산막은 이미 봄이다. 나뭇가지 끝에도 새소리에도 물소리에
도 봄은 이미 와 있다. 다만 우리가 알아채지 못할 뿐. 코로나
없는 진정한 봄을 기다리며 '동무생각'을 듣는다.

"봄의 교향악이 울려 퍼지는 청라 언덕 위에 백합 필 적에
나는 흰나리 꽃향기 맡으며 너를 위해 노래 부른다
청라 언덕과 같은 내 맘에 백합 같은 내 동무야
네가 내게서 피어날 적에 모든 슬픔 사라진다."

2월의 마지막 날. 곧 경칩이 오고 봄이 오겠지. 9년 전 오늘,
산막엔 엄청난 눈이 내렸다. 눈 하면 또 개들이 생각난다. 당
시에 길렀던 대백이, 기백이, 그리고 누리가 정말로 보고 싶
다. 함께 뛰놀던 옛 아이들이 오늘따라 많이 보고 싶다. 이 아
이들은 내게 정녕 어떤 의미였을까. 그들은 가도 여전히 산막
엔 그들의 숨결이 남아 있다. 옛날 개들과 지금 개들과 함께
살아간다.

유튜버에게 가장 행복한 시간은 언제일까? 아마도 좋은 콘
텐츠를 만났을 때 아닌가 싶다. 모처럼의 조찬에 새벽부터 유
튜브 만들다 말고 후다닥 옷 입고 집을 나선다. 그런 나를 보
고 곡우가 빙긋거리며 한마디 한다. "당신 예술가 같네." 아마
도 오늘 입은 빨간 가디건과 복장과 긴 머리가 그런 느낌을 주

었나 보다. 결코 싫지 않다. "암, 나 이제 나도 예술가지." 시인이 좋은 시상 떠올라 좋은 것이나 작곡가가 좋은 악상 떠올라 기뻐하는 것이나 다를 바 없다 싶어지는 것이다.

게다가 오늘 광화문 문화포럼에 강연을 맡은 염재호 전 고대 총장께서도 모두가 예술가인 세상이 온다 하고, 주말농장을 말씀하시고, 워라밸이 아니고 워크 라이프 콜라보Work Life Collaboration를 이야기하시니, 내가 좀 빠르긴 했지만 결코 틀리지는 않았다는 생각이 든다. 만나는 사람마다 "유튜브 잘 보고 있어요" 할 때마다 이런 믿음은 더욱 굳어지니 병이 깊어진다. 이제 조찬을 마치고 지구를 살리는 손생 사장을 만나러 인천을 향한다. 'With COVID19시대! 우리의 삶과 소비 트렌드에 어떤 변화가 생겼을까?' 표현명 전 kt 사장의 포스팅은 시간 날 때마다 유튜브로 정리하고 있다. 시간 가는 줄 모른다. 몰입한다. 걱정거리가 틈 잡을 시간이 없다. 재밌는 유튜버 생활.

봄비가 함초롬 내린 날 아침, 나는 닭장에 들러 계란을 꺼내고 부화시킬 계란에 표식하며 태어날 병아리를 기다린다. 우산대를 고르고, 바람에 쓰러지지 않게 북돋워 준다. 물통의 물을 갈고 모이도 챙긴다. 지난번 심어놓은 여섯 그루 매화를 하나하나 살펴보며 잘 자라고 있음을 확인해본다. 파릇파릇 돋고 있는 풀을 본다. 언젠간 예초기로 쳐내야 할 만큼 성가신 존재이겠지만 지금은 마냥 예쁘고 귀여워만 보인다.

　모든 생명의 새끼는 예쁘다. 종을 지키려는 하늘의 뜻일 테다. 매화와 개나리는 피었고 조팝나무는 아직, 진달래도 아직이다. 아, 목련도 피기 시작했다. 목단은 열심히 새순을 내고 장미는 열심히 줄기를 뻗고 있다. 물푸레나무, 감나무, 자두나무도 잎을 머금고 꽃피울 준비를 하는 것 같다. 이제 보니 산벚꽃도 아직이다.

　어김없는 자연의 질서에 경탄이 나오는 하루다. 새는 지저귀고 수탉은 목청을 높인다. 평화로운 산막의 아침 풍경. 곡우는 마늘을 다듬고 나는 글을 쓴다. 언제까지일지 모르지만 나는 이런 산막이 좋다. 무엇과도 바꿀 생각이 없다. 반드시 지킬 것이다.

새 산막 식구 된 거위 한 쌍, 잡초 뽑기 일손 덜겠네! [사진 권대욱]

새 식구가 왔다. 점잖고 말 잘 듣는 거위 한 쌍이다. 거위는 물을 좋아하기 때문에 우리에 물통을 묻어놓고 깨끗한 물을 공급해줄 수 있도록 했다. 닭과의 공존이 걱정됐다. 처음에는 서로 경계를 좀 하더니 지금은 전혀 지장 없이 잘 지내고 있는 듯하다. 닭 다섯 마리와 거위 두 마리. 오늘 아침에 보니 대백이랑도 잘 노는 것 같다.

이 거위 한 쌍을 며칠 지켜봤는데, 애들이 잡초를 뽑아 먹는 것이 아닌가. 잡초 관리로 늘 고생했는데, 이 녀석들에게 신세 좀 질 것 같다. 이름을 지어줘야 할 텐데 뭐라 지어야 할지 고민이다. 거순이, 거돌이? 문을 열어주어 거위들이 마당을 돌아다닐 수 있게 한다. 종종걸음이 귀엽다. 당분간 거위들과 재밌게 지낼 생각에 즐겁다. 나는 오늘도 생명의 공존을 꿈꾼다.

사회적 가치 높아지면
누구도 부럽지 않은 부자

경제적 가치는 운도 있어야 하고 노력도 있고 사람이 통제할 수 없는 여러 요소가 있지만 사회적 가치는 의지와 노력으로 얼마든지 높일 수 있다. [사진 pxhere]

경제적 가치EV와 사회적 가치SV, 나의 가치는 내가 만든다. 기업의 가치는 경제적 가치만이 아니다. 사회적 가치도 중요하다. 사람의 가치 또한 같다. 경제적 가치는 운도 있어야 하고 노력도 있고 사람이 통제할 수 없는 여러 요소가 있지만 사회적 가치는 다르다. 의지와 노력으로 얼마든지 높일 수 있다.

경제적 가치가 부족하다면 사회적 가치를 높여보면 어떨까?

봉사, 기여, 리드, 참여, 선한 영향력 행사 등 존재함으로써 이 사회가 조금이라도 나아진다면 그 사람의 사회적 가치는 높다고 할 수 있다. 가치를 어떻게 높이는가? 자신이 잘할 수 있는 분야와 능력을 심화하거나 고도화해 이 사회를 위해 기꺼이 쓰는 것이다.

나는 잘하는 것이 없다는 그런 생각은 하지 마시라. 잘 살펴보시라. 나에게도 남보다 잘하는 것, 잘할 수 있는 것이 분명 존재한다. 따뜻한 미소를 지을 수도 있고 남의 말을 경청할 수도 있고 책을 잘 읽어줄 수도 있고 시를 암송할 수도 있다. 그것을 발견하고 학습을 통해 심화하고, 연습을 통해 고도화하시라. 그리고 세상을 향해 나를 활짝 여시라. 세상이 달라지고 누구도 부럽지 않은 부자가 될 것이다.

학습하는 인간이 아름답다. 청춘합창단, 산막스쿨, 유튜브 '사장이 미안해', 유튜브 '권대욱 TV', 페이스북 '쓰말노' 등을 통해 나도 나의 사회적 가치를 높이도록 애쓴다. 나의 경제적 가치는 이미 쇠퇴하고 있지만 사회적 가치 증진을 통해 총체적 가치는 계속 유지할 수 있다 믿는다. 여러분도 꼭 해보시라. 여러분의 가치의 총화가 바로 우리 대한민국의 국력이요 가치다.

권대욱의 월든 이야기

[권대욱TV] https://youtu.be/YvUKjHF4TDI?si=tCACUAr-KGvUmUHG

잘 살펴보시라. 나에게도 남보다 잘하는 것, 잘할 수 있는 것이 분명 존재한다. [사진 권대욱]

안회가 물었다. 이런 식으로 시작하는 고전 인용문을 본 적이 있다. 나는 호기심이 많아 젊은이의 질문을 받아주는 인생 선배를 만나면 곧잘 질문한다. 그래서 한번 해보고 싶었다. 조이스가 물었다. 쓸 사람을 알아보는 리더의 자질에 대해, 귀래 산장 모닥불 옆에서. "그럼, 쓰임을 당하고 싶은 사람은 어떻게 리더의 마음을 얻습니까?"라고. 나는 공무원 연수원에서 강연했던 내용을 인용하며 다음과 같이 대답했다. 세 가지가 필요하다고.

첫째, 선한 의지. 나의 '선한 의지'는 칸트의 말이다. 사람은 선한 의지가 있어야 한다고. 자신을 경탄케 하는 것은 오로지 세상에 두 가지밖에 없으니 그 둘은 바로 머리 위에 별이 빛나는 하늘과 마음속에 늘 살아있는 도덕 법칙이라고. 조이스가 말한다. 무지한 나는 칸트에게 '경탄'이 있을 줄은 몰랐다고. 늘 시계처럼 정확히 정해진 시간에 정해진 일을 하는 파삭 메마른 사람인 줄 알았다고. 의지를 오롯이 이성의 산물이라 말하는 줄 알았더니, 어떻게 칸트는 경탄과 더불어 '선한 의지'를 말하는 걸까 싶었다고. 수백 년 전 죽은 철학가는 그렇게나 닿기에 요원했으나, 내 눈앞에서 칸트를 읽어낸 한 사람이 마음을 담아 살아 보인 해석을 말해줄 때는, 드디어 '아아, 이거였구나' 하는 생각이 들었다고. '선한' 의지는 이성만으로 불가능하구나, '선함'은 한 사람의 사람됨 전체를 요구하는구나, 라고.

두 번째, 진실무망한 '직直'을 통해 길러진 호연지기. 맹자의 호연지기를 두 번째로 말했다. 성선설을 주장한 맹자는 인간은 본성으로 인의예지를 타고난다고 했고, 이는 각각 측은지심, 수오지심, 사양지심, 그리고 시비지심으로 풀 수 있다고

권대욱의 월든 이야기

설명했다. 자신이 가장 잘하는 것이 호연지기를 길러주는 것이라 대답했다는 맹자에게 그 제자가 호연지기는 어떻게 키우느냐고 묻자, 내적으로 진실무망한 직直, 올곧음 그리고 의, 즉 의로움으로 키운다고 대답했다고. 우주의 기운을 받아 그걸 다 갈무리하는 그릇이 되는 게 호연지기를 익히는 것 같다. 이 호연지기를 키우는 것은 올곧음과 의로움이라 하니 결국 인간이 우주 앞에 서서 모두 우주의 기운을 받는다고 해서 죄다 호연지기를 키울 수 없을 것이다. 바로 스스로 올곧고 의롭게 닦아세우는 마음이 관건이다. 조이스는 곧, 곧기 힘든 세상이 아니던가. 세상과 만나 흔들릴 때마다 나는 흔들린 후에도 얼마나 그럼에도 불구하고 올곧음을 유지했던가 싶다며, 공감과 이타심이 부족해 곧다 못해 부러지기 일쑤였으니, 과연 올곧음조차 자신의 공명이 되는 소인인가 싶다고 말했다.

세 번째, 역사의식. 어떠한 글을 남길 것이며 자녀와 후손에게 어떠한 사람으로 기억될 것인가의 문제를 언급했다. '쓰말 노쓰고 말하고 노래하는 삶'로 나의 역사는 생생하게 살아 자녀들, 함께 일하는 사람들, 함께 노래하는 사람들, 함께 친교를 나누는 사람들에게 영향을 끼치리라 기대한다. 조이스는 이에 모든 개인이 자신의 삶이 말과 글과 기억과 영향력으로 역사를 이룬다는 것을 알면 자신의 삶에 더 진솔해지지 않을까 싶다며 소감을 말한다.

인연이 오는 것도 참으로 힘든데, 오는 인연의 마음을 얻기는 더 힘든 것 같다. 운칠기삼이니 결국 운이 큰 사람이 되는 데에는 중요한 것 같으나, 이 운은 자세가 된 사람에게만 사람들과 더불어 오니, 결국 사람됨의 정수가 사람의 마음을 얻는다 하겠다. 마음을 얻는 사람이 되자.

01. 고물상 폐품으로 만든 분수대, 어떤 토목공사보다 뿌듯

02. 파퀴아오와 인연 맺어준 산골짝 인생학교

03. '다친 곳이 얼굴 아니라 다행' 초긍정 마인드의 힘

04. 척박하면 강해진다, 잡초뽑기에서 배운 조직관리

05. '지는 해 아름답고…' 원두막에 앉아 도연명을 읽는다

06. 삐걱거리는 산막의 데크 고쳐 쓰는 것도 '법고창신'

07. 잃은 것보다 얻은 것을 센다… 슬기로운 산막생활

08. 비 오는 날 빠져드는 무아지경… 산막이란 그런 곳

09. 잠, 책, 상념, 그리고 부침개… 빗소리가 부르는 것

10. 소슬바람 풀벌레 소리에 벌써 가을 냄새가 난다

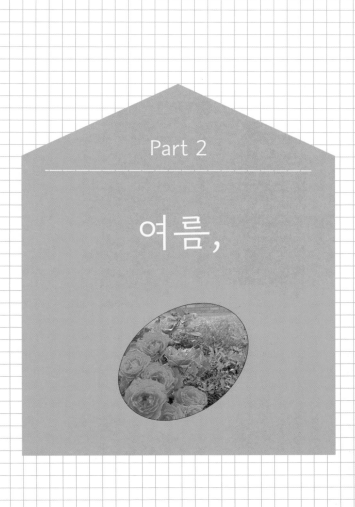

Part 2
_____

여름,

고물상 폐품으로 만든 분수대, 어떤 토목공사보다 뿌듯

밤늦게 산막에 와 한잠 잘 잤다. 잠이 보약이란 말 그대로 가뿐한 마음으로 일어나 데크며 벤치며 원두막이며 쓸고 닦고 여름 손님맞이 채비를 한다. 분수도 틀고 오디오도 점검하고 곳곳에 쌓인 먼지며 낙엽이며 모두 모아 솔가지와 함께 태운다.

산막을 수놓은 여름꽃들 [사진 권대욱]

장미꽃을 보고 어린 새의 재잘거리는 소리를 들으며 멀리서 울리는 천둥소리를 들으니 이제 바야흐로 여름이 왔음을 느낀다. 개울 건너 과수원에는 부지런한 농부의 손놀림이 재바르고, 곡우는 며칠 배운 가드닝으로 소나무 가지를 치니

권대욱의 월든 이야기

머지않아 울긋불긋 열린 복숭아, 자두의 향연을 볼 것이다. 나는 드디어 원두막에 오른다. 바야흐로 나의 여름이 온 것이다.

고물상의 플라스틱 통으로 만든 분수대

여름이면 늘 19년 전 산속에서 홀로 살 때 등짐을 져 나른 경계석과 고물상의 섬유강화플라스틱FRP 통으로 만든 분수대를 보며 느꼈던 뿌듯함과 행복감이 생각난다. 내가 워낙 눈, 비 오는 것을 좋아하고 물소리를 좋아하다 보니 원두막 주변을 정리하는 김에 분수대 하나 만들 생각을 하게 됐다.

이곳저곳 눈동냥, 귀동냥, 발품을 꽤 판 끝에 대략 가격을 알아보니 인도네시아산이 약 80~200만 원 선, 중국산이 약 200~300만 원 선이었다. 별것 없이 모양만 그럴싸한데 그 가격을 지불하기엔 너무 아깝다는 생각이 들었다. 다른 대안을 모색하느라 원두막에 앉았다가 누웠다가 하며 골똘히 궁리하던 중 문득 한쪽 귀퉁이에 처박아 놓은 경계석이 눈에 들어왔다.

일이 되느라 그랬던가, 얼마 전 보도석으로 깔까 하고 구매했던 맷돌까지 한눈에 척 들어왔다. 마침 구멍까지 두 개나 뚫어져 있으니 분수대 받침으로는 안성맞춤이다 싶었다. 곧장 설계에 들어가 1m짜리 경계석 4개를 우물 정# 자로 배치하고 그 위에 지름 약 30cm의 맷돌을 얹은 후 고무호스로 물을 틀었더니 제법 시원한 물줄기가 하늘로 치솟으며 분수대 꼴이 잡혔다. 그럴싸했고 또 화강석 재료와 주변의 적벽돌 포장도 잘 어울렸다.

이제 정식으로 분수대를 설치할 차례다. 분수대를 설치할 장소에 적벽돌 포장이 돼 있는 상태라 적절한 물받이와 자연 배수장치가 필요했다. 분수대의 물은 가장 근접한 상수관로를 잘라 쓰기로 하고 적절한 지점을 찾았으나 여의치가 않았다.

수압이나 유속 등 모든 것이 다 좋았지만, 밸브를 최대한 열었을 때 상당량의 물이 포장 면에 그대로 쏟아져 배수 문제를 생각지 않을 수 없었다. 번거롭지만 배수처리를 해주지 않으면 강우 시나 분수대 완전가동 시 포장 면이 취약할 수 있으니, 5cm 자연 원류 관로 매설 시 파놓은 포장 면을 약간 낮추어 자연 배수를 유도키로 했다. 걱정 하나를 해결한 것이다.

다음은 강제 퇴수 장치 문제다. 항상 물을 틀어놓고 있다면 별문제가 없겠으나 장기간 집을 비우거나 퇴적물이 쌓였을 때나 청소가 필요할 때는 필요한 장치다. 특히 자연수를 이용하는 우리 집의 경우 장시간 방치할 경우 해충이나 녹조가 생길 확률이 아주 높기 때문에 그냥 넘길 수는 없는 일이었다. 수중

펌프를 설치해 강제 배
수하려고 펌프를 사러
공구상에 들렀는데, 언
뜻 눈에 들어온 물건이
있었다.

여름으로 가득 찬 산막의 모습 [사진 권대욱]

플라스틱 깔때기! 얼
마냐고 물으니 단돈
1,000원. 즉각 실험에
돌입한 결과는 대성공
이다. 용량이 적어 배
수 시간이 다소 오래
걸리는 단점이 있기는
하지만 물은 잘 빠졌다. 게다가 물속을 이리저리 옮기면서 토
사나 부유물 등을 보이는 대로 빼낼 수 있고 펌프도 전기도 필
요 없으니 얼마나 좋은지!

이런저런 곡절 끝에 그런대로 쓸만한 분수대 하나가 만들어
졌다. 투입된 비용을 계산해 보니 시중에서 살 때와 비교해 3
분의 1밖에 되지 않았다. 중요한 것은 적은 비용으로 만들었
다는 경제적 가치가 아니라 스스로 무얼 구상하고 만들었다는
성취감과 심리적 만족감일 것이다. 비록 작은 분수대 하나였

지만 여기에는 토공, 설비, 배관, 포장 공사, 콘크리트 공사, 조경 등 토목공사의 전 공정이 망라돼 있다.

그뿐만 아니라 수리학 역학을 바탕으로 한 설계와 자재구매, 시공, 사후관리에 이르는 공사의 전 과정이 녹아있다. 과거 30년을 건설에 전념해 오며 세계 곳곳에 댐을 만들고 펌프장을 건설하며 수천 km의 파이프라인을 건설하던 그 시절에는 느낄 수 없었던 또 다른 성취였다.

제작비용은 시중 가격의 3분의 1 정도

무엇이 다를까? 대답은 자명하다. 그때는 남의 일이었지만 지금은 나의 일인 것이다. 스스로 무얼 생각하고, 공부하고, 연구하며, 땀 흘린다는 사실이 주는 성취와 만족은 그 무엇과도 바꿀 수 없는 행복이다. 원두막에 누워 시원스레 물줄기 뿜는 나의 분수를 바라보며 산막의 한여름은 또 그렇게 하루가 갔다. 언제나 쉬지 않는 상상과 열정으로 푸르른 나래를 펴며.

오늘도 나는 눈을 감는다. 눈을 좁혀 산막 계곡 공사장에 초점을 맞추고 저긴 저렇게, 거긴 그렇게 마음의 청사진에 선을 긋고 색 입히고 그림을 그린다. 굴삭기 운전사가 되기도 하고,

노동의 신성함을 일깨우는 분수대 만들기 [사진 권대욱]

측량기사가 되기도 하고, 목수에 벽돌공에다 때론 인부가 되기도 한다. 땅 파고 쌓고 고르고, 그 위에 들어설 온갖 구조물이며 집이며 기초공사에서 내부 인테리어와 조경공사까지 모든 프로세스를 머릿속에 그려 넣고 하나하나 시행해 본다.

버려진 나무는 잘 가공해 화목으로 쓰고 예쁜 돌들은 잘 골라 담장을 만든다. 여기는 연못, 거기는 아크로폴리스 광장,

저기는 야영장, 저기는 숙소, 저기는 목욕탕… 이렇듯 하나하나 그려가다 보면 어느덧 나의 가슴은 뛰고 초점을 잃은 눈은 생기를 찾는다. 왜랄 것도 없이 나는 그냥 가슴이 뛰고 눈이 반짝이게 된다.

　때론 이 꿈이 다른 무엇일 때도 있지만 확실한 실체를 가진 구체적 꿈일 때라야 눈이 반짝이고 가슴이 뛴다. 삶이 무미하고 단조롭고 시들해질 때 그 생각만 해도 눈 반짝거리고, 가슴 뛰는 그런 꿈 하나쯤은 가져야지 않겠는가? 나만이 나를 위로할 수 있는 험한 세상, 그 꿈을 꿀 때 나는 행복하다. 살아가야 할 이유를 갖게 된다. 그런 꿈 하나씩 가지는 것이 좋지 않겠는가? 돈 몇 푼 더 벌고 의미 없는 허명에 목숨 거는 것보단 훨 낫지 않겠는가?

파퀴아오와 인연 맺어준
산골짝 인생학교

체계도 없고, 커리큘럼은 물론 정해진 강사진 없이 누구나 다 선생이 되고, 누구나 다 학생이 되며, 무엇이든 과목이 되는 학교. 다만 하룻밤 지나고 나면 '아, 이제까지 잘 살아왔지만, 지금부턴 더 잘 살아야겠다'라는 결심 하나로 족한 학교. 내가 교장이요, 플랫폼 제공자인 산막스쿨 이야기다.

꽉 찬 여름, 그 이상 표현할 길이 없는 여름이다. 파란 하늘, 부서지는 햇살, 산들바람, 도저히 담지 않을 수 없는 만하晚夏의 모습이다. 언젠가 이층집 짓고 별을 헤던 밤과 그다음 날 티파니의 아침에 곡우에게 이른 말이 있다. 어젯밤 당신이 본 그 별과 오늘 아침의 티파니 하나로 그간 이곳에 쓴 돈이며 수고며 모두 보상받았다. 그러니 지금부터 이곳에서 얻는 모든 것은 거저요 덤이니, 매일 그만큼 얻고 번다고 생각하자.

〈곡우초당谷羽草堂〉 현판 걸고 집사람에 헌정한 일은 두고두고 잘한 일 아닌가 싶고 등짐 지고 날라 온 돌과 맷돌로 만든 분수대 또한 내 일생에 처음 맛본 가슴 뛰는 성취의 순간이었으니, 산막은 내게 큰 스승이요 고향과 같은 아늑함이다. 시도 때도 없고, 순서도 체계도 없으며, 누구라도 선생이 되고, 무엇이라도 과목이 되는 산막스쿨은 그렇게 태어났다.

무엇이든 다 과목이 되는 인생학교

오픈스쿨이며 인생학교인 산막스쿨. 산막의 곡우초당(谷羽草堂). [사진 권대욱]

　사람들이 묻곤 한다. 산막스쿨이 무어냐고. 도대체 무엇 하는 곳이기에 이 사람 저 사람 산막스쿨, 산막스쿨 하느냐고. 그에 대한 대답은 간단하다. 산막스쿨은 순서도, 체계도, 커리큘럼도, 강사진도 없는 이상한 학교!

　　　　　　　　　　　　　　　　　권대욱의 월든 이야기

누구든지 선생이 될 수 있고, 누구든지 학생이 될 수 있는 오픈스쿨이며, 무엇이든 다 과목이 될 수 있는 인생학교다. 문·사·철과 예술을 들을 수 있고 4차 산업혁명이나 최첨단 과학을 논할 수도 있지만, 별자리 보는 법이라든가 어찌하면 장작을 잘 팰 수 있느냐가 과목이 될 수도 있는 학교다.

공부만 하지 않는다. 놀기도 하고, 춤도 추고, 노래도 부르고, 캠프파이어에 맞춰 사람들과 네트워킹도 하는 학교다. 그러나 목적과 지향점만은 분명하다. 모두가 잘 살아오고 지금도 잘 살고 있는 분들이겠지만, 이 학교를 나갈 때쯤이면 '더 잘 살아야겠다'라고 결심하고 나가는 학교다.

태어나는 것은 신의 뜻이지만 어떤 삶, 어떤 이름으로 죽느냐는 우리 스스로가 정할 수 있음을 자각하고 자리이타自利利他의 삶, 공헌하는 삶을 살겠다는 결심 하나로 충분한 그런 학교다.

다양한 과목의 산막스쿨. [사진 권대욱]

처음부터 계획한 것은 아니었다. 기천문 수련원 1동과 오두막 7채를 지은 후 7명의 주인이 모여 수련도 하고, 쉬기도 하며 세월 보내다가 이런저런 사정으로 떠나는 회원이 생기고 딱히 인수할 사람도 마땅찮아 운명처럼 한 채씩 떠맡게 된 것이 오늘날 내가 집 부자가 된 배경이다.

혼자 쓰기엔 너무 큰 공간이었고, 사람이 좋았던 나는 이 사람, 저 모임을 초대해 밥 먹고 이야기하고 노래하다 보니 이럭저럭 1,500여 명의 빈객이 다녀갔다. 다들 '거기 좋았다' 기억해 주고 그런가 싶어 또 초대하고 하다 보니 나름대로 선순환의 고리가 정착된 것이다.

시설 역시 필요할 때마다 이것저것 갖추어 조그마한 공연이나 공부할 수 있는 공간은 갖추었으나 아직도 한참 부족한 현실이지만, 그 모든 것이 내 머릿속에 늘 그려 왔던 것이기에 망설임이 없었던 듯하다. 그러다 보니 자연 자그마한 체계 하나를 덧붙이면 좋겠다 싶었고, 그래서 생각해 낸 것이 스쿨의 개념이다.

내가 선생이 될 생각은 애초에 없었고, 주인이 되겠다는 생각도 버렸다. 나는 주인이면 주인, 객이면 객, 아무 상관 없었고 내가 모든 것을 관장하겠다는 생각 자체 또한 버렸다. 그저 장소와 시스템을 제공하는 플랫폼 제공자면 좋겠다 싶었고 그러다 보니 오히려 더 큰 확장성이 담보되는 것이었다. 누구든 좋은 뜻으로 사람들을 모으고 프로그램을 짜고 준비해 오면 되는 장소가 돼, 이를 이름하여 '산막스쿨'이라 부르는 것이다.

기천문의 인연으로 시작한 산막스쿨, 기천문을 알리다. [사진 권대욱]

산막스쿨로 맺어진 자랑스러운 인연들

산막스쿨의 성격이나 내용도 그렇지만, 산막스쿨로 맺어진 인연 또한 자랑스럽다. 한 사람을 연으로 지인들이 모이고 그 지인들이 또 서로 지인들이 되고 그 지인들의 지인들이 또 새로운 지인들이 된다.

교수, 여행가, 방송인, 전문직업인, 연주자, 학생, 젊은 직장인이 대자연 속에서 서로를 알아가는 과정은 참 자연처럼 자연스럽다. 그저 그 아름다운 과정의 한 부분이 되고 싶을 뿐 그 이상의 욕심은 부리려 하지 않는다.

오늘 돌아가는 이들이 어제 돌아간 이들의 말에 이어 또 말을 남길 것이고 나는 그 말들 속에서 그날을 생각할 것이다. 그들이 잘되기를 바랄 것이다. 그로 인해 어떤 일이 벌어질지는 모르겠지만, 그 모두 세상의 빛이 될 것이라 믿는다.

추억이란 그런 것이다. 늘 말하지만, 사람이 먼저다. 실제로 작년 연말, 장충동 그랜드 앰배서더에서 열린 필리핀의 영웅 파퀴아오 이벤트 또한 따지고 보면 파퀴아오 팀에 우리 호텔을 추천해 준 사람과의 산막스쿨 인연이 시발점이 된 것이니 나는 그 인연에 그저 감사할 뿐이다. 항상 사람이 먼저요, 사업은 따라오는 것이다.

권대욱의 월든 이야기

늦은 시간까지 산막스쿨을 밝히는 모닥불. [사진 권대욱]

오늘도 나는 플래카드를 걸고 프로그램을 만들고 각자의 역할을 분담하고 각자 자기소개하고 좋은 강의나 연주 청해 듣고 바비큐 곁들여 밥 먹고 노래하고 모닥불 주위에서 환담하고 사람 사귀고 주변 산책하고 토크쇼도 하고 강의도 듣고 하룻밤을 청한다.

다양한 삶과 꿈이 함께 어우러지며 지금까지도 잘 살아왔지만, 지금부턴 더 잘 살아야겠다는 각오가 우러나오는 곳. 누구든 선생이 되고 누구든 학생이 되어 '삼인행필유아사三人行必有我師'

의 교훈을 되새기는 곳.

　무엇이든 과목이 되고 형식도 체계도 순서도 없지만, 무경계의 질서가 살아 있는 학교. '일조지환一朝之患'으로 일희일비하지 말고 묵직한 '종신지우終身之憂' 하나쯤 가슴속에 품고 살자는 학교. 시작은 미약하지만, 그 끝은 창대하리라 믿으며 날이 갈수록 진화하는 산막스쿨이다.

　　　　　　　　　　　　　　　　　　　　　　권대욱의 월든 이야기

'다친 곳이 얼굴 아니라 다행'
초긍정 마인드의 힘

폭우가 쏟아지는 산막. [사진 권대욱]

산막에 터 잡은 지 오래되다 보니 사건 사고도 많다. 피할 수 있으면 좋겠지만 마음대로 되지 않는 것이 우리네 삶이다. 지난 주말 산막에는 폭우가 쏟아졌다. 산막 생활을 하며 얻은 영광의 상처가 많은데, 그중 엔진톱 쓰다가 발을 잘라 생긴 상흔은 노병의 훈장처럼 아직도 선연하고 비 올 때마다 쑤신다.

어릴 때 병원에 문병을 가면 입원해 있는 아저씨·아주머니
가 무척이나 부러웠다. 사회에 나와서도 격무에 시달리거나
정말 복잡하고 안 풀리는 일이 있어 도망이라도 치고 싶을 때
도 그런 생각을 했다. '어디라도 아파 입원이나 했으면 좋겠다'
라는 철없는 바람이었다. 이 바람이 오랫동안 이뤄지지 않다
가 산막생활로 인해 현실이 됐다. 그 경험을 풀어볼까 한다.

10년 전 엔진톱에 왼쪽 발등 찢겨

'위방불입 난방불거危邦不入亂邦不居'라 했던가. 2014년 봄, 산막
인근 야산에서 나무를 정리하다가 왼쪽 발등을 엔진톱에 찢기
는 사고를 당했다. 급경사지에서 충분한 작업자세를 확보치
못한 것이 화근이었다. 병원 응급실에 가 5시간 동안 사진 찍
고, 주사 맞고, 꿰매고, 기다리다 돌아왔다.

이야기하지 않으려 했는데 절뚝거리고 다니니 사람들이 무
슨 일이냐고 물어 이야기하는 편이 낫겠다 싶어 이실직고했
다. 언젠가 아내가 화상 입었을 때 그랬듯 모든 것이 다행이라
여겼다.

인대나 신경이 끊어지지 않아 다행이고, 이웃집 하 원장이

마침 옆에 있어 응급처치를 받을 수 있어 다행이고, 오른발 아닌 왼발이라 문제없이 운전할 수 있어 다행이고, 상처 부위가 꽤 높은 발등이라 신발도 신을 수 있어 다행이고, 좋은 의사 선생 만나 처치 잘했으니 다행이었다. 조금만 깊었으면 큰일 날 뻔했다. 그간 너무 과신한 것 같았다. 좀 더 겸허하고 두루두루 살피라는 하늘의 계시로 받아들였다.

엔진톱(좌). 2014년 인근 야산에서 나무를 정리하다가 왼쪽 발등을 엔진 톱에 찢기는 사고를 당했다(우). [사진 권대욱]

건강은 잃어봐야 느낀다는 진리를 다시 한번 깨달았다. 며칠 지나면 좋아질 것이고 비록 다리는 절뚝거려도 할 일은 다

하고 살 것이니 너무 걱정하지 말라고 했다. 가장 다행한 것이 무엇인가 하면, 바로 하동주 원장성남 장수당 한의원이 산막에 있었던 것이다.

그 사람이 없었다면 나는 대강 소독약 바르고 붕대 처매고 다음 날 새벽에 서울로 왔을 것이다. 많이 아프지만, 진통제 몇 알 먹고 버렸을 것이다. 내가 좀 그랬다. 병원서 이야기를 들으니 얼마나 내가 무식했는지 알겠더라. 엔진톱, 기름, 톱밥 찌꺼기…. 그것들 그냥 뒀다면 파상풍이라도 걸릴지 모를 일이었다. 생각만 해도 끔찍했다. 하 원장, 원주병원 선생님들, 간호사분들 정말 감사했다.

'궁즉통窮則通' 진리 깨달아

이 없으면 잇몸으로 버티고 궁즉통窮則通, 궁하면 통한다는 세상 진리가 새삼 깨달아지는 사건이었다. 사람의 일을 사람이 모른다. 내가 사고를 당할 줄도, 목발을 짚는 신세가 될지도 누군들 알았겠는가. 그저 매사에 최선을 다하고 분수를 알고 겸손해야 함을 배웠다. 샤워를 안 할 도리가 없고, 구두도 신지 않을 수 없고, 걷지 않을 수도 없고….

권대욱의 월든 이야기

그래서 등장한 것이 비닐봉지에 발 싸고 테이핑하기, 목발 짚기, 크고 부드러운 구두 신기였다. 마침 그런 구두가 있어 다행이었고, 목발 빌려주는 후배 의사가 있어서 다행이었다. 따지고 보면 다행 아닌 게 없다. 움직이지 못하니 입으로 다했다. "아프기도 하지만 편하기도 하구나. 세상에 마냥 좋기만 한 일도 없고 마냥 나쁘기만 한 일도 없구나." 좋음이 있으면 나쁨이 있고, 나쁨이 있으면 좋은 일도 반드시 있는 법이다. 그러니 담담해야 하는 것이다.

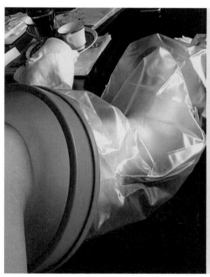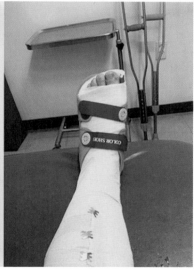

궁즉통의 시간을 보내던 때의 깁스 사진. 초기 수술에서 있던 실수 때문에 2차 감염이 생겨 세브란스 병원에 입원해 재수술을 받았다. [사진 권대욱]

이런 안도도 잠시, 2차 감염 염증으로 영동 세브란스 병원에 입원해 재수술받는 것이 결정되고야 말았다. 겨우 발 부상으로 입원이라니 좀 아쉽긴 하지만 많은 분의 도움으로 모든 것이 편안했다. 큰 병원 왔으니 안심하고 빨리 모든 것이 잘되길 바랐다. 검사도 많고 수속도 복잡하지만, 소원 성취했으니 다시는 이런 일이 없길 바랄 뿐이었다.

이 사고가 장기화·복잡화한 것은 전적으로 1차 응급치료 시의 불완전성에 기인한 것이었다. 즉 이물질이 완전히 제거되지 않은 상태에서 봉합해 2차 감염 발생이 일어났던 것이다봉합 부위를 다시 째고 보니 엔진 톱날 조각 등 이물질이 나왔다. 결국 재수술에 이르러 고통과 시간, 비용 손실이 생기고 최악의 경우 골수 관절로의 감염으로 심각한 사태에 이를 수 있었다내 말이 아니고 의료진의 이야기.

이 경우 1차 의료진에게 이 사실을 알려야 할까, 알린다면 어떻게 알리는가, 그 밖에 취해야 할 조치는 없는가 고민이 많았다. 나름 고생하고 최선을 다했겠지만, 사람의 몸과 생명 앞엔 어떤 변명도 용납될 수 없다. 이런 사태가 재발하면 곤란할 것이란 생각인데, 이 와중에도 들은 풍월은 있어 여러 생각이 떠올랐다.

권대욱의 월든 이야기

① 말해야 할 때 말하지 않으면 사람을 잃는다.

② 들추어내는 걸 정직으로 착각하지 말라.

③ 남의 나쁜 점을 말하는 자를 미워한다.

④ 허물이 있는데도 고치지 않는 것이 정말 큰 잘못이다.

결국 의료진에게 이 사실을 알렸고 "또 다른 사고가 나지 않도록 애써달라" 당부하며 마무리했다.

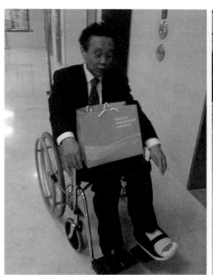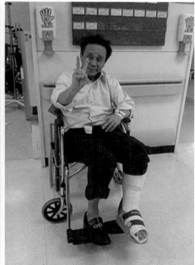

아내의 '다행 타령' 덕분에 빠른 극복을 할 수 있었던 시절. [사진 권대욱]

차원 높은 아내의 '다행 타령'

참고로 아내의 '다행 타령'은 한 차원이 더 높다. 오래전 어머니 제사를 어느 사찰에서 모셨는데 끓는 물이 아내 다리에 쏟아져 심각한 화상을 입은 일이 있었다. 그때 병원에 입원하면서 했던 다행 타령이 그렇다.

여름 아니라 겨울이어서 다행이다.
얼굴 아니라 다리여서 다행이다.
일요일에도 화상 전문병원이 집 가까이 열려 있어 다행이다.

이런 다행 타령이 이어지다 급기야는 '손님 아닌 내가 다쳐서 다행이다'에 이르러서는 할 말을 잊고 말았다. 그 다행 타령에 나도 아내도 멀쩡하게 나아 잘살고 있다. 긍정의 힘은 이렇게 크다. 산막은 긍정을 가르친다.

척박하면 강해진다,
잡초뽑기에서 배운 조직관리

산막은 위대한 스승이다. 자연에서 배우고 상념으로 깨우친다. 흐르는 물에서 상선약수上善若水를, 떠도는 구름에서 인생무상을, 만나는 사람들에서 인생도처유상수人生到處有上手를.

잡초에서 배우는 리더십. [사진 권대욱]

1. 잡초에서 배우는 조직관리

잡초 뽑기 또한 다름이겠나 싶다. 내가 발견한 잡초 뽑기 요령이다.

① 아주 어린 싹은 발견하기 어렵다. 발견한다 해도 제거하기가 쉽지 않다. 좀 더 크게 한 후 만인의 눈에 보일 때 제거하라.

② 개체로 있을 때 제거하라. 뭉치고 연대하면 어렵다.

③ 저변으로 들어가 개체의 뿌리와 줄기를 확실히 확인한 후 일거에 강력한 힘으로 뽑아라.

④ 뿌리를 뽑아라. 어설피 잎이나 줄기만 다치면 후환이 있다.

⑤ 선한 생명은 모질고 강하다. 잡초 밑에도 선한 생명은 살아 숨 쉬고 있다.

⑥ 척박한 환경의 잡초는 뿌리가 깊고 또 강하다. 잡초들에 너무 척박한 환경을 만들어 주지 마라.

조직관리를 하다 보면 어떤 조직이나 암 덩이와 같은 존재가 있기 마련이다. 그냥 두면 조직의 화합을 해치고 나아가 조직의 탄력과 추력을 잃게 한다. 설득으로 스스로 치유되게 함이 최상이나 그렇지 못할 경우는 과감히 솎아내고 다시는 발붙이지 못하게 해야 한다. 전체 조직의 건강을 위해서다.

권대욱의 월든 이야기

2. 산막에서 배우는 리더십

산막은 늘 변화무쌍하다. 한없이 평화롭다가도 어느새 엄혹함을 비치기도 한다. 그 속삭이는 소리를 들어보면 어느 것 하나 분명하지 않은 것이 없다.

'군자삼변君子三變'이란 말이 있다. 군자는 세 가지 서로 다른 모습의 변화가 있어야 한다는 말이다. 멀리서 보면 의젓한 모습望之儼然, 가까이 대하면 느껴지는 따뜻한 인간미卽之也溫, 논리적이고 합리적인 언행聽其言也厲, 일명 인간품평의 최고 단계, 군자의 삼변三變이다.

좀 더 풀어보자. 망지엄연望之儼然. 멀리서 바라보아望 엄숙함儼을 느낄 수 있는 사람은 카리스마가 느껴진다. 의젓하긴 하지만 가까이하기엔 다소 어려운 면이 있을 수 있다. 다가가서 보았을 때 따뜻함을 느낄 수 있다면 정말 좋을 것이다. 즉지야온卽之也溫. 멀리서 보면 엄숙한 사람인데 가까이 다가가서卽 보면 따뜻함溫이 느껴지는 사람, 엄숙하지만 또 다른 모습, 바로 이변二變이다. 겉은 엄숙하지만 가까이 다가가면 속은 따뜻한 사람인 것이다.

삼변三變은 그 사람의 말을 들어보면 정확한 논리가 서 있는 사람이다. 청기언야려聽其言也厲. 그 사람이 하는 말其言을 들어보면廉 논리적인 모습이 느껴지는 경우이다. 종합하면 외면의 엄숙함과 내면의 따뜻함에 논리적인 언행까지 더해져 최상의 사람이라는 뜻이다.

望之儼然, 卽之也溫, 廳基言也厲망지엄연, 즉지야온, 청기언야려. 멀리서 바라보면 엄숙한 사람, 가까이 가면 따뜻한 사람, 말을 들어보면 합리적인 사람. 리더는 온화하되 절대로 유약해서는 안된다. 최악의 리더는 주저하고 결단치 못하는 리더일 것이다. 전체 조직을 위험에 빠뜨리는 리더다.

좋은 리더를 다짐하는 밤. [사진 권대욱]

권대욱의 월든 이야기

나는, 그리고 여러분은 어떤 리더인가? 어떤 리더가 되고 싶으신가?

3. 피할 수 없으면 즐기라

산막 오르는 길에 석산이 하나 있다. 기괴한 모습이 산막과 멋진 반전을 이룬다고 말씀하시는 분들도 있더라만 늘 어울리지는 않는다 싶어 볼 때마다 밉고 저거 언제 그만두나 맘이 불편했었는데 언제부턴가 생각이 바뀌었다. 어차피 때가 되면 그만둘 걸 미리 안달할 필요가 없다. 오히려 저거 어떻게 원상복구 하면 잘했다 싶을까에 생각이 많이 미친다.

오늘도 아침 일찍 차를 몰고 현장을 가본다. 누가 건설장이 아니랄까 머릿속이 복잡하다. 어차피 파놓은 저 드넓은 공간, 바로 옆엔 아무리 가물어도 마르지 않는 계곡물 있으니 댐 하나 막고 그 물길 가두어 멋진 호수 하나 만드는 거다. 낚시나 물놀이 기구, 유람선 띄워 관광 자원화하고 암벽엔 동굴호텔 하나 만드는 거다. 암벽등반 코스는 기본이고. 그렇게 되면 세상에 없는 아주 특별한 관광명소가 하나 탄생하는 거다.

그 아이디어를 석산 회장께 이미 오래전에 말씀드렸지만, 이

어른 관심사는 어떻게 하면 빨리 더 많이 돌 캐느냐에만 꽂혀 있는 듯하다. 언젤지 모르겠지만 때 되면 아시리라. 다만 너무 늦지 않기만을 바랄 뿐이다. 그때, 빈 낚싯대 드리워 세월을 낚을 나를 생각한다. 동굴호텔 사장? 오늘도 유쾌한 상상으로 아침을 연다.

4. 멀리 있는 물은 불을 끌 수 없다

세찬 비가 한번 오면 산막은 비상이다. 가는 날이 장날이라 하필이면 앙상블 포럼 오는 날 이틀 연속 세찬 비가 내렸다. 걱정되어 서둘러 와보니 아니나 다를까, 도로는 패여 있고 펌프는 낙뢰를 맞아 물 안 나오고 곡우초당 보일러도 안 돌아가고 난리도 그런 난리가 없다. 손님 불러놓고 물도 안 나오고 도로도 끊긴 상황.

이럴 때일수록 침착해야 한다. 사람을 부르고, 함께 온 손님의 도움을 받고, 그럭저럭 도로를 복구하고, 월로펌프를 불러 컨트롤패널을 교체하고 귀뚜라미를 불러 보일러를 손보았다.

권대욱의 월든 이야기

비 오는 날 산막을 찾아준 고마운 손님들. [사진 권대욱]

　遠水원수는 不求近火불구근화요 遠親원친은 不如近隣불여근린이니라. 멀리 있는 물은 불을 끌 수 없고, 멀리 있는 친척은 가까운 이웃보다 못한 법이니 군말 없이 힘든 길 와준 사람들 고맙고 또 고맙다. 오랜 시간 쌓은 신뢰 덕분 아닌가 한다. 모두 수고했다. 천만다행으로 다들 즐거워하며 지장 없이 재미있게 산막스쿨을 마칠 수 있었다.

　잔걱정 떠날 날 없는 산막. 웬만한 사람 같으면 만정도 떨어질 법하련만 나의 산막 사랑은 그럼에도 나날이 더욱 깊어지니 팔자는 팔자인가 보다. 산막스쿨 운영 만만치가 않다.

'지는 해 아름답고…'
원두막에 앉아 도연명을 읽는다

관조의 마음으로 비를 바라본다. 원두막 양철지붕 위 빗소리를 듣노라니 모든 번뇌가 사라지는 듯하다. [사진 권대욱]

　산막 생활에는 많은 기계와 공구가 필요하다. 잔디깎기, 예초기, 트리머, 블로어, 엔진톱 등 각종 공구들. 수시로 점검하고 관리하지 않으면 고장 나고 부서지고 말썽을 부린다. "기계를 잘 다루려면 기계 사용법을 완벽히 숙지하고 관리를 잘해야 합니다." 계양공구 젊은 사장에게 무지 혼나며 배운다.

초크 사용법, **뿍뿍이** 사용법, 플러그 분해 및 조립법 등등. 배우면 뭘 하나. 잠시 뒤 또 잊어버릴 텐데. 나만 잘하면 뭣하나. 함 사장, 하 원장도 다 잘해야지. 산막 관리 쉽지 않다.

잔디 깎기는 다했고 이제 예초 작업만 하면 된다. 올해 첫 깎기다. 명섭, 준형 오면 할까 하다 날씨도 좋고 미룰 이유도 없어 바로 시작했다. 두 시간 만에 다 끝냈으니 얼마나 큰 진보냐. 전 같았으면 온종일 씨름하고도 미진했을 거다. 기계 덕분이기도 하고 협업 덕분이기도 하고 숙련 덕분이기도 하니 덕분이 많다. 다음 주 손님맞이는 대충 끝났으니 마음이 한가롭다. 아시는가? 할 일 다 한 사람의 한가로움을. 잘 깎여진 파란 잔디를 보는 마음을.

나 홀로 즐기는 산막의 캠프파이어

산막의 캠프파이어는 또 하나의 낭만이다. 여럿이 해야 맛이지만 혼자 해도 좋다. 해 뉘엿 기울고 온 사방이 차분해지는 이 시간이 나는 좋다. 들리나니 물소리, 새소리뿐. 화톳불 연기가 밤안개처럼 낮게 드리우고 지난 일을 돌아보며 마음이 한가로워지는 이 시간. 나는 이 시간을 사랑한다. 불은 참 묘하다. 겸허하고 숙연하게 만든다. 한없이 너그럽게 만든다. 이 모든 것 한 줌의 재로 돌아갈 것을 알게 한다.

새끼는 다 예쁘다. 그중에서 강아지는 특별하다. 이곳 누리는 3년에 매번 8마리씩 24마리를 생산했다. 뽈뽈 기어 다니니 귀엽고 보긴 좋으나 말썽도 많아 걱정이다. 날이 더워 그런가 데크 밑으로 기어들어갔던 녀석이 그만 오도 가도 못하고 갇혀버리는 사고가 두 번이나 벌어졌다. 그때마다 피스를 푼다, 못을 뺀다, 낑낑거리며 마루장을 걷어내어 겨우 수습은 했다만 사람 없을 때 이러면 큰일이지 싶다.

산막에선 나를 강쥐들이 먼저 반기고 계곡 물소리가 장쾌하다. 아름다운 산막. 나는 장작을 나르고 강쥐들을 애정하고 읽을 책을 고르며 산막의 아침을 연다. [사진 권대욱]

이 세상에 무엇이든 좋기만 한 일은 없다. 반드시 그에 상응

권대욱의 월든 이야기

한 수고가 따른다. 세상살이가 그러함을 깨우치는 산막은 그래서 늘 배움의 터전이요, 학교다. 산막은 학습과 배움의 장소다.

'學而時習之 不亦說乎 학이시습지 불역열호' 배우고 익히니 이 또한 즐겁지 아니한가는 이만하면 되었다만, '有朋自遠方來 不亦樂乎 유붕자원방래 불역낙호'의 기쁨을 바란다면 과욕일까 모르겠다. '人不知而不慍인부지이불온'이야 말해 무삼하리오. 점심은 계란 탁라면 하나. 하나 남은 계란을 깨 넣자니 아쉬움은 남고… 저녁은 삼겹살이다.

모두 바쁘다 하고 바빠서 여유 없다 하니 그런 줄 알겠지만, 한가함은 바쁜 중에 오고 바쁨 속의 한가함을 볼 수 있어야 비로소 한가함의 진수를 보는 것이라 믿는다. 무엇 때문에 우린 그리 바쁜가? 학생은 시험에서 좋은 성적 내려 바쁘고, 사업가는 돈 버느라 바쁘고, 관리는 영전하기 위해 바쁘고, 부모는 자식 때문에 바쁘고, 자식은 앞날 때문에 바쁘지만「나를 지켜낸다는 것」－핑차오후이 著, 36쪽 자신이 살려고 그리 바쁜 사람은 보지 못했다.

우리는 왜 이리도 바쁜가? 쓸데없는 일로 바쁘지는 않은가? 남이 해야 할 일 대신하느라 바쁘지는 않은가? 남이 원하는 모습 되기 위해 바쁜 것은 아닌가? 한 번쯤 진지하게 생각해 볼 일이다. 손님 치른 후의 뒷정리를 마치고 원두막 높이 앉아

陶淵明도연명의 시를 읽노라니

"산 기운 지는 해 더욱 아름답고 나는 새집 찾으니
이 참다운 삶의 의미 말할래야 이미 말을 잊는다."

오늘도 잔디를 깎고 누워 석양을 본다. 산기일석
가 비조상연환山氣日夕佳 飛鳥相與還. 산 기운 저녁이
라 아름답고, 날던 새들도 짝지어 돌아오네. 집으
로 돌아가는 새들의 노래 소릴 들을 것이다.
[사진 권대욱]

삶이 이럴진대 나
또한 참 쓸데없는 일
로 바쁘다 하며 살았
구나. 이제 겉치장뿐
인 바쁨은 뒤로 하고
돌아보며 살 때도 되
었건만 무슨 미련 그
리 많아 떨치지 못하
는가? 속세를 벗어나
산림에 은거하라 말
하는 것이 아니다.

오히려 바쁜 와중에도 마음이 돌아갈 곳을 찾으라 말하는
것이니『나를 지켜낸다는 것』 – 핑차오후이 著, 37쪽 마음 돌아갈 곳 있다는
것, 그것은 참으로 큰 축복임을 다시 느낀다. 오늘 산막의 석양
과 새소리는 많은 것을 깨닫게 한다. 돌아갈 곳이 있다는 것, 그
것은 참으로 큰 축복임을 다시 느낀다.

권대욱의 월든 이야기

날이 많이 가물다. 부지런한 농부는 이른 새벽부터 복숭아밭을 돌보고, 나는 누리를 곁에 두고 닭장 문을 열며 비를 기다린다. 수도전을 고쳐 닭장 청소를 해야겠고 사료도 보충해야겠으니 정 박사가 오기를 또 기다린다. 비 오는 밤을 기다린다. 양철 지붕을 두드리는 빗소리를 들으며 하룻밤을 잘 자고, 금요일엔 금요일의 일을, 토요일엔 토요일의 일을 기다리며 기대하며 희망하며 긍정과 소망으로 우리는 산다.

무엇이 그리 거창하겠나. 소소한 일상만큼 아름다운 것이 있겠나? 그래. 와라, 비야. 준비, 다 됐다. 스피커 뚜껑도 덮었고, 차도 문 앞으로 옮겨 놓았고, 누리도 비 맞지 않게 모셔 뒀고, 술과 안주도 준비했다. 앗, 그런데 닭들이 문제로다. 휘여 휘여, 얼릉 들어가라. 비를 기다린다. 나는 비가 좋다.

추적이는 빗소리에 잠 못 이루는 밤

페북의 과거를 돌아보니 세월도 친구도 많이 변했구나. 10년 전 댓글, 답글 열심이던 친구들이 지금은 보이지 않고, 그때 없던 친구들이 요즘 열심이고, 한동안 뜸했던 옛 친구들이 다시 보이기도 하는구나. 생성, 소멸 끝없이 변하는 우주의 천리인데 유한한 인간이야 말할 것 있으랴.

이 또한 10년이면 변하지 않을까 싶다가도 궁금하긴 하다. 그들 지금 어디서 무얼 하고 있는지? 추적이는 여름비 소리에 잠 못 이루고 있을까? 행복할까? 후드득후드득 빗소리에 너도 나도 변하는 세상 당연한 일이라 생각하면서도 보고 싶은 그들에게 시공 없는 내 마음 보내 안녕과 행복을 바라본다.

삶이 그대를 속일지라도 슬퍼하거나 노하지 말라. 사람들은 저마다 오늘을 산다. 그냥 있어도 가슴 뛰는 그런 삶이면 오죽 좋으련만 그런 삶은 존재치 않는다. 살아지는 삶이 아니라 살아가야 하는 삶인지라, 비가 오나 눈이 오나 그렇게 그렇게 일상을 만들어 가며 실망하고 또 실망하더라도 희망하며 또 희망하며 그렇게 살아간다.

염족지도. 사람들이 부귀와 영화를 좇는 방법을 만일 그 처자식들이 안다면 서로 붙잡고 통곡하지 않는 자가 없으리라. 2500년 전 맹자 시대의 이야기가 아니다. 그때나 지금이나 우리는 염족지도를 행하며 산다. 사는 것이 그런 것이다. 그러니 너무 슬퍼하지는 말자.

삐걱거리는 산막의 데크
고쳐 쓰는 것도 '법고창신'

법고창신의 정신을 받아 여기저기서 비명을 질러대는 데크를 고쳐서 썼다. 데크의 오래된 부분과 새로운 부분이 나름 조화롭다. [사진 권대욱]

　법고창신法古創新. 왜 이 말이 생각나지 않았나 모르겠다. 아침부터 곡우에게도 묻고 키워드 검색도 해보다가 드디어 찾았다. 그래서 기쁘다. 사자성어 하나에 그리 집착하다니, 내가 생각해도 참 연구대상은 대상이다. 그런데 왜 이 말을 그리도 찾았을까? 단초는 우습게도 아주 단순했다. 어제 오래된 데크를 수리했고, 그 결과 마음이 아주 편안하다. 오래돼 삐걱대던 갈색 데크와 목향 가득한 하이얀 미송의 강렬한 콘트라스트가 여름 햇살 아래 더욱 빛났다.

오래된 물건을 수선해 쓴다는 것은 단순한 경제의 효용 그 이상이라는 상념이 이 말을 찾게 한 듯하다. 그렇다. 산막에서 오래되어 삐걱거리는 것들을 수선하고 교체하고 고쳐 쓰는 것, 합창단에 클래식과 현대음악을 잘 섞어 쓰는 것, 탄탄한 루틴에 과감한 일탈을 시도하는 것, 이 모두가 법고창신인 게다. 법고창신은 옛것을 본받아 새로운 것을 창조하는 것이다. 산막의 오래되어 삐걱거리는 것들을 고쳐 쓰는 정신도 이와 통한다.

과감한 일탈도 법고창신

이 사자성어 하나를 못 찾았다면 아마도 오늘 하루가 흔쾌치 못했을 게다. 그래서 다시 살펴본다. 연암 박지원1737~1805은 『초정집서楚亭集序』에서 이렇게 말한다.

"天地雖久 不斷生生 하늘과 땅은 비록 오래되었으나 끊임없이 새것을 낳고, 日月雖久 光輝日新 해와 달은 비록 오래되었으나 그 빛은 날로 새롭다."

연암은 이로써 법고창신을 말하는데, 법고창신은 본받을 '법法', 옛 '고古', 비롯할 '창創', 새 '신新'으로 '옛것을 본받아 새것을 창조해 낸다'는 의미이다. "법고에 집착하면 때 묻을 염려가 있고, 창신에만 경도되면 근거가 없어 위험하다"라는 연암 제자 박제가의 말은 법고창신의 핵심을 찌른다. 옛것을 성찰하되 변화를 알고, 새것을 만들되 지난 일에 대해서도 능히 잘 알고 있어야 한다는 말이다.

법고창신도 좋다만 온몸 안 쑤시는 데가 없구나. 무리했음이 틀림없다. 잔디 깎기는 일상사니 그렇다 치고, 문제는 수목 트리밍이다. 절대 가볍지 않은 기계를 들고 이리저리 낮은 곳 높은 곳 조자룡 헌 칼 휘두르듯 마구 활약한 덕을 봤다. 아무래도 몸이 예전 같지 않음을 느낀다. 그걸 알면 조심하는 게 정상이거늘, 도무지 무슨 배짱인지 나는 아직도 인정하기 싫어 이 고생을 사서 한다.

무거운 트리밍 기계 들고 작업한 후엔 온몸이 쑤시는구나. 무리했음이 틀림없다. [사진 권대욱]

예전 산에서 나무하다 발 다쳐 고생할 때 사서 쓰는 나무는 결코 비싸다 할 일 아니다 했고, 옛날 탄광 사장 시절 막장에 들어가 본 이후 연탄값은 비싸지 않다고 했던 나다. 사람 불러 일 시키는 거 결코 비싸다 할 일이 아님을 다시 한번 절감한다. 몸 쓰는 일 절대 쉽지 않다.

해본 사람만이 그 가치를 알고 아는 사람만이 인정할 줄도 아는 법이다. 정당한 가치를 인정하고 합당한 대가를 치를 수 있을 때 흔쾌와 감사의 선순환이 성립한다. 그러나 그 가치를 과도하게 포장하고 분수를 넘는 가당치 않은 요구를 끝없이 되풀이하면 갈등과 반목이 생기고 모두로부터 외면당하는 법이다.

오늘은 6월의 마지막 날. 한해의 반을 지나는 날이다. 기업에서는 반기 실적을 돌아보고 나머지 반을 잘하자며 계획을 세우고 직원들을 독려하는 날이다. 나는 어제부터 지난주 트리밍 작업으로 생긴 잔가지와 오랫동안 쌓여 지저분한 낙엽을 모으고 버리고 태우느라 눈코 뜰 새가 없다. 당연히 곡우도 함께한다.

작업의 순서는 다음과 같다. 먼저 갈퀴를 이용해 구석구석 쌓인 가지와 낙엽들을 긁어모은다. 철제 리어카에 옮겨 담은

권대욱의 월든 이야기

후 태워버리는 단순한 작업이지만 작업 범위가 넓고 오르막 내리막이 심한 지역이라 간단치 않다. 결국 오늘까지 계속하고 있는데 다음 주까지 계속하지 싶다.

여기저기 쌓인 가지와 낙엽을 리어카에 담아서 태웠다(왼쪽).
어디 누구 없소? 새콤달콤 완전 무공해 청정 자두 함께 따 가져가실 사람(오른쪽).
[사진 권대욱]

모든 일이 그렇지만 힘이 들면 어찌하면 보다 쉽고 효율적일까를 궁리하게 되고, 궁리와 시행착오를 거듭하다 보면 최적의 솔루션이 생기게 된다. 이번 일 또한 마찬가지라 온갖 아이디어에 다양한 도구와 장비를 동원했다. 갈퀴와 쓰레받기에 두꺼운 장갑, 소운반용 플라스틱 통에 바퀴 달린 운반구…. 소형 삽이야 기본이지만 리어카와 에어컴프레서, 의외다.

낙엽과 잔가지는 모으는 것도 일이지만 버리는 것이 더 큰

일이다. 철제 리어카를 이동용 소각로로 활용해 봤는데 효율이 짱이다. 모아둔 곳으로 리어카를 옮겨가니 나르는 수고를 크게 덜었다. 그 많은 낙엽이며 잔가지를 밤새 태웠는데도 반 밖에 재가 차지 않아 오늘도 계속한다.

늘 어메이징한 산막

재를 버리지 않는 이유도 있다. 비 온 후라 젖은 낙엽이며 가지를 태우기 쉽지 않은데, 밑불을 활용하면 태우기 쉽고 에어_{공기}까지 가끔 공급해 주면 활활 잘 탄다. 통일 또한 같다. 불씨를 살리고 에너지를 공급해야 한다. 이 모두 필요가 만들어 낸 산물이다. 쉬엄쉬엄한다. 아니면 무리하고 후유증을 앓게 된다.

좋은 일들을 생각한다. 말끔해진 산막을 기대하며, 트럼프, 김정은, 문 대통령을 기대한다. 각자 최선을 다해 우리 국민은 물론 세계를 놀라게 해주길 바란다. 그 정도는 되어야 위대한 지도자 소릴 듣지 않겠나. 덧, 리어카 한쪽 바퀴가 펑크가 나 어찌 가나 고민이었는데 에어컴프레서 바람 넣으니 금방 살아났다. 딱 맞는 어댑터가 없어 그냥 건으로 대충 넣었는데도 살아났단 말이지. ㅎㅎ 새콤달콤 완전 무공해 청정 자두까지 가득한 산막. 늘 어메이징하다.

　　　　　　　　　　　　　권대욱의 월든 이야기

잃은 것보다 얻은 것을 센다…
슬기로운 산막생활

산딸기가 제철이다. 닭장 주변으로 산딸기가 지천으로 널려 있다. 소반과 깨끗한 장갑을 준비하고 채취에 나선다. 모든 맛 있는 것이 다 그렇지만 쉽게 따는 것을 허용치 않는다. 줄기에 가시가 있어 맨손으로 따기엔 위험하고 장갑을 끼고 작업하자 니 더디다. 귀한 과실 얻는다는 자세로 한 알 한 알 열심히 따 다 보면 어느새 한 쟁반이다. 후일을 위해 하루 먹을 양만 따 고 나머지는 남겨둔다. 지고 피고 한 이주는 가는 것 같다. 산 막이 주는 자연의 선물 귀히 여기며 고마워한다.

[권대욱TV] https://youtu.be/9rVfeyYpIZQ?si=U3RWGFZRrrLbNmbw

비를 기다린다. 스지 곰탕을 녹이고 계란을 부치고 잘 익은 배추김치에 붉은 청양고추를 반찬 삼아 아침을 잘 먹었다. 점심은 귀래의 본가 영빈관에서 유산슬 덮밥을 먹고 탕수육 하나를 싸 와 저녁 대신에 먹었다. 오늘 건강검진 결과를 받았다. 콜레스테롤 수치가 약간 높은 거 외에 혈당이며 혈압 모두 잘 관리되고 있어 놀랐다. 계란을 좋아하니 콜레스테롤이야 당연하다 치더라도, 다른 수치들은 별로 특별히 한 것도 없는지라 정말 의외였다. 짐작건대 아마도 그 모든 것은 스트레스 때문 아니었나 싶다. 무경계를 실천한다는 내가 이 정도니 다른 분들은 어떨까 가히 짐작이 가고도 남는다. 그렇다. 사업을 하건 직장생활을 하건 그것은 모두 스트레스다. 월급은 욕 값이고, 이윤은 스트레스 값이라는 말이 허황된 말도 아니다. 그러기에 모든 직장은 이 스트레스를 여하히 줄여주는가에 직원 행복의 초점을 맞추어야 할 것이다.

하늘이 많이 흐리다. 빠른 속도로 구름이 이동하고 바람도 비 냄새를 풍기니, 조금 후면 후두둑 후두둑 쏟아질 거다. 비를 참 좋아하는 나다. 이런 날 산막에 있다는 사실에 너무나 행복하다. 2층 방 홀로 앉아 쏟아지는 밤비 벌거숭이로 맞는 대지를 바라보며 나 홀로 비 맞지 않는 안온함을 느끼게 된다. 이타다, 이타다 하면서도 결국은 이기일 수밖에 없는 인간의 한계. 위선은 나쁘다, 나쁘다 하며 위악하는 자는 결국은 위선

권대욱의 월든 이야기

하는 자보다 더 나쁜 사람임을 깨닫게 된다. 목마른 것이 어디 가뭄 든 대지뿐이겠나? 나도 목마르고 너도 목마를 것이다. 이 메마른 가슴에 우당탕탕탕 시원한 빗줄기 한방은 얼마나 축복인가. 이타도 결국은 이기이고 위악 또한 결국은 위선이라 하더라도, 쏟아지는 소낙비 앞에서라면 비 맞지 않는 안온함을 즐겨도 볼 일이다. 혹시 아나? 그러다 보면 이 갑갑한 세상에도 혹 천둥번개와 같은 번쩍임과 우레와 같은 외침이 있을지.

비를 기다리며 하늘을 본다. 모카가 곁에 있어 외롭지 않다. [사진 권대욱]

모카가 와서 좋은 점이야 많지만 곤란한 점 또한 적지 않다. 그 하나가 배변 문제다. 훈련이 되지 않아 온 마당에 저지르고 나는 따라다니며 치우고… '이 시키 내가 네 똥 따까리냐 뭐냐' 구시렁거리다 문득, 개똥도 약 된다는 말을 생각하고 구덩이 하나 널찍이 깊이 파고 옆에다 호박 두 모를 심었다. 이제부턴

개똥 치우는 게 아니라 귀한 거름을 확보하는 길이다. 모든 일이 다 그렇다. 생각하기 나름이다. 공멸과 복자천의 고사를 생각한다.

공자가 조카 공멸에게 물었다. "벼슬에서 얻은 것이 무엇이고 잃은 것이 무엇이냐?" 공멸이 답했다. "얻은 것은 없고 잃은 것이 셋 있습니다. 일이 많아 공부하지 못했고, 녹봉이 적어 친인척을 돌볼 수가 없었습니다. 공무가 다급하여 친구들과 관계가 소원해졌습니다." 공자는 같은 벼슬을 하고 있는 복자천에게도 물었다. "벼슬에서 얻은 것이 무엇이고 잃은 것이 무엇이냐?" 복자천이 답했다. "예전에 배운 것들을 날마다 실천하여 학문이 늘었고, 녹봉은 적지만 이를 아껴 친인척을 도왔기에 더욱 친근했습니다. 공무가 다급하지만 틈을 내니 친구들과 더욱 친근해졌습니다."

같은 벼슬하는 공멸은 잃은 것이 세 가지고 복자천은 얻은 것이 세 가지나 된다. 잃은 것이 많은 공멸은 벼슬이 고달프고, 얻은 것이 많은 복자천은 벼슬이 행복할 것이다. 같은 일을 하면서 같은 하루를 보내면서, 어떤 사람은 불행한 생활을 하고 어떤 사람은 행복한 생활을 한다. 불행한 사람은 잃은 것만 센다. 이것도 잃고 저것도 잃고, 잃은 것을 셀수록 감사한 마음도 잃게 된다. 잃은 것을 세는 것만큼 행복도 잃는다. 행

권대욱의 월든 이야기

복한 사람은 얻은 것을 센다. 이것도 얻고 저것도 얻는다고 센다. 얻은 것을 셀수록 감사한 마음도 얻게 된다. 얻은 것을 셀수록 만족감도 얻게 된다. 얻은 것을 세는 만큼 행복도 얻을 것이다.

[권대욱TV] https://youtu.be/a5uGCUs34Mc?si=QP5Tc-FhRuV7hGn7

비 오는 날 빠져드는 무아지경…
산막이란 그런 곳

유튜브로 하루를 연다. 그간 갈무리해 두었던 이야기들을 영상으로 만들고 올리고 알리는 일이다. 모두가 옳고 바른 소리, 이 세상 갖은 좋고 옳은 말을 내 입으로 말하다 보면 나 스스로 그러하지 못함이 부끄러워 "너나 잘하세요"라 말하는 사람들의 소리가 더욱 크게 들리는 듯해 많이 외롭기도 하다.

지행합일知行合一, 언행일치言行一致가 군자의 첫째 덕목임을 알지만, 그렇지 못한 내가 그럼에도 이 일을 계속함은 '내가 그렇다가 아니요, 나도 그러고 싶다, 함께 우리 그 길로 갑시다, 이 세상에 진실로 행하는 자만이 말할 수 있다면 그 누가 말할 수 있으리오'라는 믿음 때문이다.

만들다 보면 자연 읽고 말하고 생각하고 음악을 찾게 된다. 공부가 되고 결심도 하게 된다. 가르치고 배우며 함께 커나간다는 교학상장敎學相長. 그 이상을 실현한다 생각하면 하루 두세

권대욱의 월든 이야기

개의 영상, 서너 시간의 수고가 무슨 대수겠나? 무엇보다 나 스스로 행복하고 즐거우니 다른 이유야 아무래도 좋겠다 싶다. 누가 돈 주고 하란들 이렇게 하겠나? 내가 좋아서 하는 일이니 내가 오히려 아주 고맙다.

산막은 일종의 공동체다. 주말엔 함께 모여 밥도 먹고 공동작업도 한다. 어제는 닭을 잡고 공동 방제를 실시했다. 함께한 지 어언 20년이다. 혼자는 힘든 일들이 이웃을 만나 금세 해결된다. [사진 권대욱]

연못물의 흐름을 보고 개울물 높이를 짐작하듯, 사람의 글로 그 마음의 깊이를 짐작한다. 이 정도면 건너기 지장 없겠구나, 이 정도면 마음 나누어도 괜찮겠구나. 손으로 찍어 맛을 봐야 된장인 줄 아는 건 아니다. 색깔도 있고 냄새도 있다.

나는 어떤 냄새, 어떤 색일까? 비 내리는 산막은 고즈넉하다. 비 오는 세상에 비 맞지 않는 안온함. 산막은 내게 늘 그런 곳이다. 톨스토이가 레빈을 통해 느끼는 무아의 몰입과 행복을 느낄 수 있는 그런 곳이다. 풀 베기를 하고 잔디를 깎아보자. 거기에 온 마음과 몸을 던져보자. 시공도 정지되고 몰입이 있고 자신을 잊는다. 레빈이 말했던 풀을 베는 것이 아니라 낫이 스스로 풀을 베는 느낌을 느낄 수 있다.

이런 느낌을 기록하고 나와 너로 소통하는 것, 그리고 죽음의 존재를 늘 잊지 않는 것. 이것이 톨스토이를 관통하는 사상의 주류였다면 그와 나는 150여 년의 시공을 뛰어넘는 친구이다. 그의 글이 없다면 내가 어찌 그와 내가 친구임을 알겠는가? 글이 없다면 어찌 사람들이 내 마음의 지향과 이상을 알겠는가? 글은 이처럼 위대하다.

어제 남은 죽 한 사발로 아침을 때웠더니 12시도 되기 전에 허기가 져 부랴부랴 밥 안치고 얼린 목살 꺼내 구워 먹었다. 약죽이고 뭣이고 죽은 죽인가 보다. 오후 내내 단잠을 잤다. 연이틀 손님에 운동에 술에 곤했던가 보다. 수면 총량 불변의 주창자인지라 밤잠 걱정도 못 하겠다. 그래 잠은 잠 올 때 자면 되지. 내일 서울 일을 생각한다. 촘촘하다. 그러나 서두르지 않는다. 회사 일도 궁금하고, 맡은 일도 해야 하고, 세 개

권대욱의 월든 이야기

회사 일보는 게 간단치는 않지만 즐거움으로 임한다. 언제나 즐거움으로 임하고자 노력한다.

어제 내가 아끼는 인품 좋고 인물 좋고 유능하기까지 한 CEO에게 말했다.

"미구에 닥칩니다. 미리미리 준비하셔서 오래오래 그 경륜과 지혜를 나누십시오. 욕심만 좀 버리시면 됩니다. 그 오랜 세월 쌓아온 그 수많은 상황과 경우와 내공을 사장하면 안 됩니다. 반드시 남겨주고 가십시오."

그렇다. 오늘의 내가 나의 힘만으로 존재한다 믿는 것은 지독한 오만이다. 사회와 타인과 시스템의 덕이 컸다. 받았으니 나누는 것은 당연하지 않은가? 저녁은 밥에 물 말고 보리굴비 남은 거 한 젓가락에 감자 세 톨이다.

에효, 개는 사료만 먹여야 한다는데, 사료 안 먹고 비쩍 마른 게 도저히 못 보겠어, 황기 인삼 넣은 닭죽도 먹이고 전복죽도 먹이고 이것저것 먹였더니 기운이 펄펄 마구 휘젓고 다닌다. 풀 죽어 있는 것보단 낫다 싶은데 그나저나 앞으로 어째야 하나.

얼굴 확실히 많이 탔다. 그런데 피부도 좋아지고 머리숱도 많아졌다. 내 말이 아니라 곡우의 말이다. 좋아졌다는 이야기다. 얼굴은 얼의 굴이라니, 역으로 말한다면 그간의 삶이 스트레스였다는 이야기도 된다. 다시 한번 깨닫는다. 모든 업은 어쩔 수 없는 스트레스였음을. 아무리 세상을 떠난 마음으로 세상의 일을 하고 세상에 메인 마음으로 세상 밖의 일을 하더라도 그것은 어쩔 수 없는 굴레였음을…. 그러니 어쩌겠나? 구성원은 견딜 수 있을 만큼 줄이고 조직은 그렇게 줄여주도록 노력할밖에.

권대욱의 월든 이야기

잠, 책, 상념, 그리고 부침개…
빗소리가 부르는 것

어디로 가야 하나. 멀기만 한 세월. 우리가 처해있는 상황은 누구나 유사하다. 절대 양quantity이 아니라 절대 질quality로 그렇다는 말이다. 질이 더 중요하다고 보면 위 말은 그대로 진리이기도 하다. 부자는 부자인 대로, 가난한 사람은 가난한 사람인 대로, 권력이나 명예가 있는 자는 있는 대로, 없는 자는 또 없는 대로 모두 그만그만한 걱정거리와 희망을 안고 오늘을 살아간다.

그럼에도 각자의 삶이 다 같지 않은 것은 대부분 생각과 습관과 기술의 문제라고 본다. 행복의 메커니즘은 망각과 몰입에 다름 아니다. 이 기전을 잘 활용해야 한다. 좋고 기쁜 일은 몰입을 통해 배가시키고, 나쁘고 슬픈 일은 재빨리 잊을 수 있다면, 그리고 긍정하고 희망할 수 있다면 우리는 늘 기쁘고 행복할 수 있지 않겠나 믿는다.

무엇으로 잊는가? 몰입과 몰아를 통한 망각이 가장 유효함을 잘 알고 있다. 그런데 무엇에 몰입할 것인가? 그 몰입할 일을 찾고 만드는 것이 삶의 기술 첫 번째 미션이다. 나의 경우 그것은 쓰고 말하고 노래하는 것이다. 노래하고 있으면 모든 걱정과 근심과 불안을 잊는다.

Real generosity toward the future lies in giving all to the present.
- Albert Camus, French Author and Philosopher

"미래에 대한 진정한 관용은 현재에 모든 것을 몰입하는 것이다"라는 알베르 카뮈의 말은 심오하다. 미래는 어차피 온다. 어차피 올 미래 걱정한다고 달라질 일은 없을 것이다. 그러니 너무 걱정하지 말자. 오늘을 열심히 사는 것, 그것이 미래에 대한 최고의 준비일지 모르겠다. 미래가 관용의 대상이라니 놀라운 통찰이요, 천하본무사 용인자요지 天下本無事 庸人自擾之, 세상이 본래 조용한데 어리석은 사람들이 일을 만들어 번거로이 하누나 아닌가 싶다.

밤새 엄청난 폭우가 내렸다. 도저히 앞을 가늠할 수 없을 정도의 비였다. 오늘 나갈 일이 걱정이다가 이내 거둬들인다.

滄浪之水淸兮 可以濯吳纓 (창랑지수청혜, 가이탁오영)
滄浪之水濁兮 可以濁吳足 (창랑지수탁혜, 가이탁오족)
창랑의 물 맑으면 갓끈을 씻을 것이고
창랑의 물 탁하면 내 발을 씻으리.

폭우가 쏟아지는 어둠의 산막. [사진 권대욱]

그렇다. 물이 많아 건너지 못하면 머물면 될 것이고, 편안해 건널 만하면 노래하고 만날 것이다. 쌀 한 됫박에 라면 서너 개, 꽁치 통조림 셋에 계란이 10개, 게다가 밭에는 토마토까지. 이만하면 열흘은 족히 버티지 않을까 싶다. 약속이 하찮다는 이야기가 아니라, 목숨 걸 만큼 중요한 것은 아니고, 다른 수단으로도 얼마든지 대체 가능하다는 이야기다. 그렇지 않다면 헬기라도 타고 나갔을 것이다.

예전 같으면 어림없는 일일 것이다. 이 또한 코로나가 주는 여유 아닐까 싶다. 오전 중까지 기다려 보고 나갈 만하면 나가 볼 것이다. 빗속에 갇혀 근 일주일을 지내다니 이것도 할 일이 아님을 느낀다. 연못물의 높이를 보고 개울물의 높이를 짐작할 연륜이 되었다. 잘 살펴 안전에 유의해야겠다. 아침은 빵한 조각에 계란프라이, 토마토, 우유 반 잔으로 해결한다. 오늘도 안전한 하루를 보내보자.

[권대욱TV] https://youtu.be/QvPyqEV7G8k?si=d6HaMGI2k-M6EPSP

오락가락 장대비는 잠을 부른다. 빗소리를 자장가 삼아 자고 또 잤다. 빗소리는 책을 부른다. 빗소리는 또한 상념을 부른다. 빗소리는 마지막으로 부침개를 부른다. 곡우를 졸라 호박전, 고추전, 파전을 만든다. 굴과 오징어도 넣는다. 두부찌개

권대욱의 월든 이야기

도 끓인다. 술 한 잔이 빠질 수가 없다. 비는 계속된다. 추적추적추적 지글지글지글.

'함·또·따'는 함께 있는 시간이 즐거워야 따로 있는 시간이 빛나고, 또한 따로 있는 시간이 빛나야 함께 있는 시간이 즐겁다는 말이다. 김치찌개 점심을 잘 먹고 2층에서 한잠을 푹 잤다. 곡우는 내가 자는 동안 유튜브 방송 두 개를 보았다며 즐거워한다. 심심할 틈이 없다고 말한다. 나는 내 유튜브도 봐라, 나는 가끔 심심하다 말한다. 함·또·따가 반드시 물리적이지만은 않다. 함께 있어도 따로이고 따로 있어도 함께일 수있다. 저녁엔 메밀냉면에 소고기를 준다 하여 즐거워하고 있다. 만일 혼자였다면 차가운 밥상에 많이 외로웠을 것이다. 비가 많이 온다. 함께 밥 먹는 사이는 소중하다. 많이 아끼자.

내일 공부 때문에 오늘 올라가는 곡우를 에스코트했다. 물이 많이 빠졌지만 그래도 조심해야 한다. 만나고 이별하고, 또다시 만나는 우리. 우리는 오늘도 함·또·따다.

소슬바람 풀벌레 소리에
벌써 가을 냄새가 난다

연일 30도를 훌쩍 넘는 폭염이다 보니 입맛도 떨어지고 점심을 먹기도 귀찮아질 때가 있다. 지인이 을밀대 저녁 번개를 말하니 생각이야 굴뚝같지만 아쉽게도 취소 불능 선약이 있는지라 마음만 함께한다. 그러다 보니 나는 또 냉면 생각이다.

냉면의 맛은 면발과 육수다. 갓 뽑아낸 메밀을 한 젓가락 그득 담아 입 한가득 베어 물었을 때의 그 구수한 맛이 핵심이다. [사진 권대욱]

나는 냉면을 좋아한다. 냉면 중에서도 평양식 냉면을 특히 좋아하고, 좋아하는 만큼 맛에도 예민하여 맛있다 하면 불원천리 찾아 기어코 맛을 보고야 만다. 냉면의 맛은 면발과 육수다. 갓 뽑아낸 메밀을 한 젓가락 그득 담아 입 한가득 베어 물었을 때의 그 구수한 맛이 핵심이다.

권대욱의 월든 이야기

밀가루와 메밀가루의 적절한 조합, 면발의 굵기와 강도가 중요하다. 절대 자르지 않는다. 평양식이든 함흥식이든 마찬가지다. 자르는 순간 맛의 절반이 날아간다고 믿는다. 육수 또한 중요하다. 어쩌면 제일 중요할지도 모르겠다. 담백하면서도 깊은 맛이 중요하다. 육수의 맛을 제대로 즐기기 위해 지금껏 지키는 원칙이 하나 더 있다. 절대로 아무것도 넣거나 치지 않는다. 그래야 참 육수 맛을 즐길 수 있다 믿는다.

면발과 육수, 이 두 가지가 다 실한 집은 찾기가 쉽지 않다. 면발이 좋으면 육수가 약하고 육수가 실하면 면발이 좀 약하다. 개인적 취향이겠으나 벽제갈비, 을밀대, 우면산 버드나무집이 제일 낫다는 생각이다. 버드나무집은 기본 반찬이 정갈하고 정성스럽다. 특히 색깔 고운 열무김치와 가지무침은 압권이다. 을밀대의 얼음 서걱한 냉면과 녹두지짐은 그 자체로 예술이다.

수육 한 접시에 소주 한잔하고 냉면 한 사발 걸치면 행복해진다. 벽제갈비의 봉피양 냉면은 담백한 육수와 구수한 면발이 좋고, 평양면옥의 돼지고기 수육과 소주에 곁들인 냉면도 권할 만하다. 역시 이야기는 먹방 이야기가 최고다.

이 세상에 쉬운 일 어디 있겠느냐마는 예초작업 하나도 간단치 않다. 예초기 돌리는 일쯤이야 땀 좀 흘리면 되는 일이지만 작업 상황에 따라 회전날을 교체하는 건 만만치가 않다. 작업하다 보면 쇠날을 쓸 때가 있고 줄날을 써야 할 때가 있는데 그 교체 작업이 만만치가 않다는 이야기다. 몇 번이나 시도하다 하도 힘들어 아예 샤프트 자체를 교체하기로 했는데, 새로 사 온 샤프트에 날 끼우는 게 또한 간단치가 않아 차일피일 미루고 있었는데 오늘 정 박사의 도움으로 말끔히 교체했다.

이제 돌 틈과 계단 사이, 수목 주변과 보도블록 틈 사이로 삐죽 나온 잡풀을 안전하게 제거할 수 있겠다. 쇠날로 돌이나 쇠를 치면 불꽃이 튀며 그 충격이 고스란히 팔로 전해지는데, 위험하기도 하고 고장의 원인이 되기도 한다. 오후 해거름 하면 작업을 시작할 것이다. 늘 찜찜했던 마음도 풀잎처럼 사라지기를 바란다.

[권대욱TV] https://youtu.be/dGX_8G68jkw?si=4aQz7HBKAsRbZNT1

권대욱의 월든 이야기

매일 매일 일을 많이 한다. 있어서도 하고 만들어서도 한다. 풀 베기, 잔디 깎기는 기본이고, 닭장 물청소를 위시로 각 방, 창고, 보일러실, 세미나실, 야외 데크, 원두막, 독서당을 하나하나 정리한다. 작년에 산 청소기가 요긴하다. 흡입 기능은 물론 블로어 기능까지 있어 불고 쓸고 빨아 당기고 적절히 활용하며 깨끗이 청소한다. 쓸 만한 물건도 많이 나오고 어디 뒀나 오래 찾았던 물건도 꽤 보인다.

청소하면 마음이 좋다. 온갖 잡동사니가 잘 정리되듯 산란했던 마음도 깨끗이 정화된다. 울력은 수양이라 수양 삼아 일하면 즐겁지 아니한가. 그런 마음으로 오늘도 일한다. 하 원장쪽 창고 하나 남았다. 가을이 깊었구나. 저 하늘 소슬바람 풀벌레 소리가 이미 가을 아닌가 싶다.

산막 정리 후 돌아본 세미나실, 가을을 머금은 햇살이 따사롭다. [사진 권대욱]

아침저녁으론 바람이 벌써 다르다. 언젠가 우리 산막 앞 임씨 아저씨, 고추밭에 고추 따러 온 아저씨가 묻는다.

"여기서 뭐 하세요?"
"학교를 하고 있습니다."
"학교요? 무슨 학교? 사람도 없구먼."
"주말이면 와요. 한 사람이 올 때도 있고 서른 명 넘게 오기도 하고."
"뭘 가르쳐유?"
"이것저것 가르쳐요. 같이 배우지요."

그러곤 소이부답笑而不答 하니 인생을 설하신다.

"더불어 살아야 돼. 무어든 혼자 되는 법은 없어. 내 돈으로 품 사서 했다고 말하면 안 돼요. 인정들이 모여 일이 이루어지는 거지. 내 돈 줬으니 내 맘대로 부린다고 생각하면 안 되지. 고맙다고 생각해야 오래 가는 거요. 살아보니 자유가 젤 귀해."

구구절절 옳은 말. 인생도처유상수人生到處有上手, 어딜 가도 스승이다. 촌부도 아는 진리를 사람들은 왜 모를까? 그나저나 나이가 궁금하여 올해 연세가 얼마시유? 물었더니 60이란다. 헐～ 나보다 한참이나 어리구먼. 그래도 참 기특하다.

권대욱의 월든 이야기

가을이 깊었구나. 저 하늘 소슬바람 풀벌레 소리가 이미 가을 아닌가 싶다. [사진 권대욱]

01. 책상머리 이론 안 먹히는 집짓기, 6년 만에 겨우 끝내

02. 고독과 싸웠던 산막, 알고 보니 날 일으킨 명당

03. 몸과 맘 하나가 되는 장작패기의 뿌듯함, 그 누가 알랴?

04. 땀 흘리며 잔디 깎은 뒤 누워 바라본 하늘, 이게 바로 행복

05. 다시 환해진 산막… 잊었다, 먹구름 위엔 태양 있다는 걸

06. '아, 달빛이 이리 밝았었나' 세상을 새롭게 본다는 것은…

07. 가슴이 뛴다, 내가 꿈꾸던 산막의 모습이 그려진다

08. 산막스쿨, 사회적 기업 만들련다

09. 미스터트롯, 나이 제한… 그래도 70대 가수 꿈꾼다

10. 묵직한 걱정으로 잔잔한 걱정 덮는다

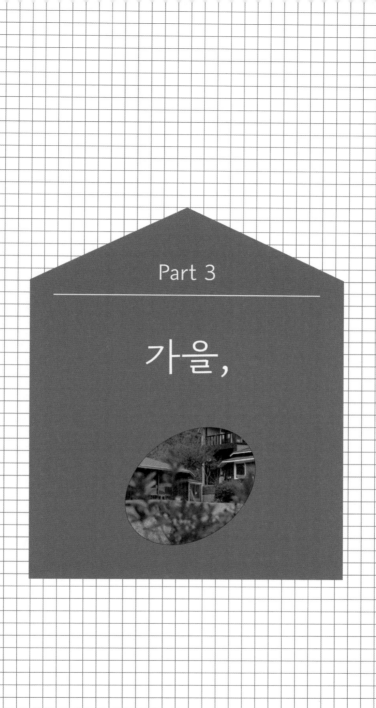

Part 3

가을,

책상머리 이론 안 먹히는 집짓기,
6년 만에 겨우 끝내

2003년 봄, 첫 삽을 뜬 후 여러 달이 흘러 10월의 초입에 들어서고 있었다. 서둘러야 했다. 산간의 가을은 짧고 겨울은 길기 때문이다.

우선 설계부터 확정해야 했다. 고등학교 후배라고 소개받은 젊은 사장으로부터 제시받은 기본안에다 몇 가지 보완하고 공사비는 실비정산 방식실비+관리비으로 정산하기로 했다.

8자의 동양철학적 의미 새긴 팔각 외형

집은 전체 단지와의 조화를 위해 아래층은 팔각 통나무집의 외형과 골격을 그대로 유지하고 집 뒤편으로 4평 정도의 작은 방 2개를 달아내 2층을 얹는 방식으로 확정했다. 전체 외관의 조화를 위해 아래층엔 2중 지붕을 씌우고 2층의 외형도 8각을 유지했다. 굳이 공사하기 어렵고 돈도 더 들어가는 8각을 고집한 데는 외관의 조화도 조화려니와 8자가 갖는 동양철학적 의미를 깊이 새긴 결과였다.

아래층에 달아낸 조그마한 방 2개엔 복층을 두고 2층에 침실을 배치함으로써 좁은 공간을 최대한 활용코자 했다. 난방 시스템은 석유 보일러를 쓰되 총 4개의 방에 개별난방이 가능하도록 했다. 아래층 복층 2층 바닥은 전기온돌 패널로 계획했다.

당초 통나무집이 워낙 허술하게 지어진 터라 단열과 방충에 문제가 있었으므로 내벽은 완전히 털어내고 단열재로 충전한 후 OSB 합판으로 마감하려고 했다. 2층 계단은 외부 계단으로 하고 계단 밑에 기계실을 계획했다.

각 방은 개별적 취사와 숙식이 가능하도록 화장실과 주방을 완벽히 갖추기로 했다. 1층 큰방해방과 우측 작은방달방은 별도의 연결 출입문을 둬 필요시 함께 사용할 수도 있도록 했다. 계획은 완벽해 보였고, 시공을 맡은 후배는 무슨 일이든 할 수 있고 원하는 어떤 요구도 수용할 것 같았다.

2003년 10월 7일 가을 하늘은 드높았고 꿈에도 그리던 문막 힐 타운 공사가 시작됐다. 믿음과 신뢰를 바탕으로 공사는 높고 푸른 가을 하늘만큼이나 상큼하게 출발했다.

완성된 산막 이층집. [사진 권대욱]

얼마 가지 않아 문제들이 불거지기 시작했다. 공사는 자꾸 늦어만 갔다. 먼저 두 가지 문제가 생겼다. 첫째는 실비정산식 공사비 산정 방식이요, 둘째는 현장 감독의 문제였다.

권대욱의 월든 이야기

실비정산 방식의 덫

실비정산 방식으로 계약하다 보니 그놈의 '실비'가 문제였다. 당시 너무 바빠 현장에 상주할 수 없는 상황이라 눈빛 선한 젊은이에게 나 대신 감독하고 공사비를 제때 지급하기를 원했다. 문제는 이 젊은이이후 안광선(眼光善) 씨라 칭하겠다가 너무 고지식하다는 것과 현장소장 이하 일꾼들이 그의 통제를 우습게 알고 제멋대로 행동하는 것이었다.

현장사람 입장에서 보면 날은 추워져 가는데 일일이 영수증 챙기는 것도 그렇고, 때로는 영수증 없이 하는 일도 많은데예를 들어, 현장 인건비 안광선 씨는 증빙 없는 돈은 한 푼도 지불할 수 없다고 뻗댄다. 그러면 "네가 다 해 먹어라." 이런 말이 오가고 안광선 씨도 "저 더 이상 못하겠습니다"라고 나온다. 이러니 한편으론 현장 달래고 또 한편으론 안광선 씨를 달래느라 매일 매일이 살얼음판이요 전쟁터였다.

따지고 보면 이 모든 일이 다 나의 불찰이요 게으름 탓일진대 누구를 원망하겠나. 실비정산 방식을 택한 것은 무엇 하나 마땅한 것이 없고 무엇 하나 쉬운 것 없는 산간오지 현장의 특성을 감안한 것이었다. 물건 하나 사려면 왕복 1시간이 걸리는 읍내까지 나가야 하고, 혹시 배달이라도 시킬 양이면 배달 오는 업자는 예외 없이 투덜거리고 웃돈을 요구한다.

이 상황에선 정상적인 견적을 내기도 어려울 뿐 아니라 현장과의 커뮤니케이션이 원활치 못하다 보니 수시로 계획이 바뀌어야 했다. 이런 상황에선 실비에 이윤을 보장해 주는 실비정산 방식이 제격이라 여긴 것이다.

공사 중인 산막의 모습. [사진 권대욱]

'식자우환識字憂患'이란 말이 있는데 내가 바로 그 꼴이었다. 감독 기능이 철저하고 모든 과정이 분업화되어 있으며 거래가 투명한 외국의 사례를 강원도 산간오지에 적용한다는 것은 애당초 무리였다. 건설사 사장과 임원 20년 경력이 무슨 소용인가? 현실에 부딪혀 제 집 하나 제대로 못 짓는 것을….

이때 느꼈다. 직접 겪어보지 않은 책상머리 이론은 아무 소용 없다는 것을 말이다. 댐 만들고, 도로 닦고, 학교 짓고, 아파트 짓고, 빌딩도 지었지만 다 입으로만 지은 것이다. 말로만 한 것이지 내가 직접 한 건 하나도 없었다.

집 짓지 말라며 떼쓰는 아랫마을 주민들

겨우 이 문제를 수습하고 나니 이젠 아랫마을의 민원이 기다리고 있었다. 마을의 식수원이 인근에 있으니 정화조 있는 집은 지을 수 없다고 마구 민원을 제기하는 것이었다. 식수원이 정화조보다 상류에 있어 오염과는 아무 관계 없다 해도 막무가내요, 마을에 우물을 하나 파 주겠다고 해도 안 된다고 한다. 법률상 아무 문제가 없는 적법한 절차와 인허가를 받아 시행하는 공사도 민원 앞엔 아무 소용이 없었다.

이장, 면장, 읍장이 동원되고 아무리 말려도 막무가내다. 현지 언론이 무슨 큰일인가 싶어 왔다가 결국 아무 일 아니구나 하며 돌아간 일도 많았다. 결국 정화조 배수관을 1㎞나 묻고서야 해결할 수 있었다. 비용도 비용이지만 혹한기 꽝꽝 얼어붙은 땅을 힘들여 파헤치고 배수관을 묻는 작업은 고통스러웠고 마음도 아팠다.

배수관 묻는 작업. [사진 권대욱]

　이래저래 공사는 늦어지고 겨울이 닥쳤다. 당초 11월 말이면 끝나리라 여겼던 공사는 12월이 돼서도 끝이 나지 않았고, 이곳저곳 하자에다 보완할 곳투성이였다. 산중의 겨울은 빨리 오고 추위는 혹독하다. 갑자기 추워져 보일러 배관에 부동액을 넣지 않았다가 하루아침에 꽁꽁 얼어붙은 배관을 녹이느라 갖은 고생을 다 하기도 했다.

　세월이 약이고, 이 또한 지나간다. 시간이 흐르고, 어느덧 집은 꼴이 잡혔다. 2층집 베란다에서 아침저녁을 맞이하니 기분이 환상이었다. 산속에 내가 원하는 집을 갖겠다는 꿈이 이뤄진 거다.

　지금도 기억난다. 그해 어느 눈 많이 오던 날, 갑자기 그곳의 설경이 보고 싶어 승용차를 몰고 산길 오르다 미끄러지고 엎어지고 갖은 고생 다 하고 도착했던 집 2층에서 바라보던 황홀한 설경! 마침 그날 까치들이 집 앞 소나무에 집을 짓고 있었다. 하얀 설경과 까치집이 지금도 눈에 생생하다.

산막 이층집에서 바라본 황홀한 설경. [사진 권대욱]

다 됐다 싶었는데, 이번엔 준공검사가 발목을

이런 기쁨도 잠시 또 다른 문제가 생겼다. 집을 지으면 준공 검사를 받고 등기를 해야 하는데 막상 준공검사를 하려니 문제점이 한두 가지가 아니었다. 우선 경계측량 상으로 우리 집이 남의 땅을 20㎝ 정도 침범하고 있었다. 있을 수 없는 일이었다. 건축하는 사람들이 자연 경계만 믿고 개념 없이 공사를 한 것이었다. 나나 이곳 모든 사람이 당초 땅 경계가 우리 집 뒤 계곡인 줄 알고 있었으니 무리도 아니었다.

미리 못 챙긴 것이 한이지만 이미 집은 지어진 뒤니 허물 수도 없고 참 큰일이었다. 뿐만 아니다. 정화조는 대지 상에 있어야 하는데 떡하니 밭 한가운데 위치하고 있었다. 몇 번이나 측량을 해보고 GPS로 해봐도 결과는 마찬가지였으니 정말 난 감한 일이었다.

방법은 침범한 땅을 사들여 대지로 지목을 변경해야 하는데, 우선 땅 주인이 팔아줄까도 문제이고 절차도 복잡하기 그지없었다. 그 땅의 지목이 밭이 아니고 임야로 되어 있으니 문제가 간단치가 않았다.

결국 이 모든 것도 사람이 하는 일이고, 운도 따르고, 노력한 보람도 있어 땅을 편입할 수 있었다. 그 이후에야 준공검사를 받고 등기도 마쳤다. 땅값을 후하게 쳐준 건 기본이고 혹시라도 팔지 않을까 봐 전전긍긍하며 애태웠던 일을 생각하면 지금도 웃음이 난다. 땅 주인도 자기 땅인 줄 몰랐던 땅이었지만 그래도 팔아줬으니 고맙단 생각뿐이다. 결국 2003년에 착공해 2009년에 준공했으니 집 하나 짓는 데 무려 6년의 세월이 걸렸던 셈이다.

고독과 싸웠던 산막,
알고 보니 날 일으킨 명당

산막에서의 나. 산막은 산속에 묻힐 뻔한 나를 세 번이나 출셋길로 인도한 명당이다. [사진 권대욱]

내가 페북에서 만나 친구 되고 이런저런 인연을 맺어 산막도 오고 밥도 먹은 분들은 한결같이 내가 만나기 이전보다 잘된 듯하다. 이 무슨 조화인지는 모르겠으나 진급·영전은 물론이고, 스타트업도 본궤도에 오르며 언론에도 등장해 참 보기가 좋다.

당연히 잘될 것을 내 촉이 좋아 잘 알아보아 그렇겠지? 터 좋은 산막 정기에 산막 온 분의 선의가 더해 음덕·양덕으로 보태져 그런가? 당연히 전자 쪽이라 믿는다만 그 어느 이유든 주변이 잘되면 당연히 좋은 거다.

산막에 있는 동안 세 번 CEO 선임

혹시라도 산막에 가 밥도 먹고 다 했는데 '나는 왜 이러나' 하는 분은 조용히 때를 기다리시라. 아차, 내 꼴 봐라. 나도 그때부터 분명 잘돼 있지 않은가. 산속에 묻힐 뻔한 나를 세 번이나 출셋길로 인도한 명당이다. 한 번은 2003년 서교 하얏트 제주 호텔 사장으로, 또 한 번은 2008년 아코르 앰배서더 코리아 사장으로, 마지막은 2018년 11월 휴넷 회장으로 취임한 일이다.

"내 속엔 내가 너무도 많아⋯." 참, 나는 누구인가? 지금으로부터 21년 전 나는 이 세상이 싫고 나 자신이 너무도 부끄러워 보따리 짊어지고 산속으로 들어갔다. 그날따라 진눈깨비는 하염없이 흩날렸고 라디오에서는 가시나무 노래가 울려 퍼지고 있었다.

권대욱의 월든 이야기

나는 흐르는 눈물을 주체할 수 없어 갓길에 차를 세우고 통곡했다. 그렇게 서럽게 울며 들어갔던 산속에서 때로는 처절한 고독과 때론 넘치는 희열과 함께하며 2년여의 세월을 홀로 보냈다. 이후 높은 자리에도 나가고 또 돌아오기도 하며 지금을 살고 있다. 돌이켜보면 그때 그 시간이 있었기에 오늘의 내가 있지 않나 생각된다.

산막의 가을 모습. 산막에는 정말 할 일이 많다. 삼시 세끼 해결하는 일부터 방과 집 주변의 청소, 설거지, 손님 접대, 텃밭 관리, 강아지들 뒷바라지 등 모든 일을 혼자 해결해야 한다. [사진 이슬]

산막에는 정말 할 일이 많았다. 삼시 세끼 해결하는 일부터 방과 집 주변의 청소, 설거지, 손님 접대, 텃밭 관리, 강아지들 뒷바라지, 주변 쓰레기 모아 태우고 묻는 일 등 모든 일을 혼자 해결해야 했다. 하지만 즐거운 마음으로 임했다. 이전의 나로서는 상상도 못 할 일이었다. 35살의 나이에 사장이 되었고 임원과 CEO로만 33년을 근무하는 나로선 그저 이런 일은 말 한마디로 해결되는 것이었다.

바쁘다는 핑계로 수많은 이사길에도 한 번도 집을 보거나 짐을 싸거나 나르거나 해본 일 없이 매번 이사한 집을 찾지 못해 식구들을 애먹이던 사람이다. 그런 일은 내가 해서는 안 될 것이었고 내가 하는 다른 일에 비해 가치 없고 비효율적인 일로 여겨졌다. 한마디로 세상 물정 모르고 교만했던 거다.

그러던 내가 밥쌀을 안치고 찌갯거리를 장만하며 설거지를 했다. 밭에 거름 주고 김매며 쓰레기를 주워 태웠다. 집안 필요한 곳곳에 못질하고 창틀이며 화장실이며 먼지 하나라도 없앨 양으로 꼼꼼히 청소하고 관리했다. 누가 나에게 이런 일을 하게끔 하였는가? 그리고 왜 이런 일들을 했던 것일까? 대답은 자명하다. 그 누구도 아닌 나 자신이 원했기 때문에 그런 일이 가능했던 것이며 또한 즐겁고 기쁜 마음으로 감당했다.

고독한 시간이 주어지고 내면과 맞닥뜨리며 자연의 숨소리

권대욱의 월든 이야기

를 듣는 귀한 생활 속에서 나는 누구이며 어디서 와 어디로 가고 있는가에 대한 존재 이유와 소명에 대한 생각이 깊어졌다. 자신을 돌아보니 내 속엔 참 내가 많이도 있었다. 그 많은 내 속에 진정한 나는 누구일까? 하는 의문은 깊어졌다. 하심下心과 인욕忍辱! 마음을 낮추고 욕됨을 참는다는 말이다.

산막을 찾아온 사람들. [사진 권대욱]

예로부터 진아眞我를 찾고 우주의 참 이치를 깨치기 위해 참선 정진하던 모든 선지식과 수행자는 농사일과 고행 노동으로 마음을 낮추고 욕됨을 참아왔다. 교만과 자만심이 수행의 가장 큰 적임을 알고 이를 경계한 것이다. 나의 일시적인 산막 자생이 어찌 그것과 비교될 수 있겠느냐마는 무심無心으로 일

하는 틈틈이 살며시 고개 드는 옛것의 허황虛荒함과 미련을 지
그시 눌러본다.

　사람에겐 다 때가 있고 소임이 있는 것. 과거의 화려했던 시
절은 그 나름대로 의미가 있었을 테지만 돌이켜 보면 소중했
던 일보다 후회스러운 일이 더 많았다. 남들이 나의 성공을 부
러워하던 그 시절 과연 나는 행복했는가? 보람이 있었는가?
정말로 내가 하고 싶었던 일을 소신껏 할 수 있었는가? 남에
게 폐를 끼치고 원한을 산 일은 없었는가? 이 모든 것에 대한
대답은 불행하게도 늘 '아니오'였다.

　돌이켜 보건대 나는 한시도 참삶을 살아보지 못한 것 같았다.
늘 바쁘면서도 무엇 때문에 무엇을 위해 그리 바쁜지 알지 못
하고 다람쥐 쳇바퀴 돌 듯 그렇게 살아온 것이다. 산다기보다
는 그냥 살아지는 그런 삶을 살아온 것이다. 내가 무엇이며 어
디서 와서 어디로 가고 있는지에 대한 진정한 성찰省察은 해보
지도, 할 생각도 하지 못했다.

　사람들은 자신을 위해 가족을 위해 자신을 버리고 제 나름대
로 삶의 무게를 지며 살아간다. 어찌 자기가 좋아하는 일과 보
람 있는 일만 할 수 있겠나? 하심과 인욕이 그곳에만 있었던
것은 아니다. 세상 도처 사바의 모든 것이 다 그것을 요구하고

있었을 터이지만 어딘지도 그리고 무엇을 위한 것인지도 모르며 타성으로 움직였던 일상에 잊히고 말았던 것일 테다.

그런 의미에서 산막에서의 시간은 내겐 정말로 소중했다. 찾지는 못했지만 적어도 내가 무엇이고 어디서 와서 어디로 가는가에 대한 성찰은 있었던 것 같다. 청정淸淨한 자성自性과 진공묘유眞空妙有의 깨달음은 아닐지라도 지난날을 반성하고 나를 찾는 노력은 하고 싶었다.

휴넷 임원들과의 산막스쿨. [사진 권대욱]

밥 짓고 설거지하며 나를 죽이고 또 죽였다. 청소하고 김을 매면서 멀리서 찾아오는 벗들에게 나의 몸과 마음을 스스로 움직여 마련한 음식을 대접하면서 그동안 그들에게 진 마음의 빚과 세상의 빚을 갚고 싶었다. 화톳불에 쓰레기를 태우면서 허식을 벗고 진정한 마음의 소리를 나누고 싶었던 그때가 있었기에 그나마 지금 이름 석 자 보전하며 사는 것이리라 생각해 본다.

산막은 별장이라기보다 고향 같은 곳

역시 산막이다. 며칠째 지끈거리던 머리, 그리고 불면으로 찌뿌둥하던 몸이 장작 난로 방에서의 하룻밤 힐링으로 치유됐다. 이곳에서 세 번의 출셋길에 올라 바라보니 좋은 곳 맞는구나 싶다. 산막은 별장이라기보다는 고향과 같은 곳, 힘들고 지치면 돌아와 쉬는 곳 또 부름을 받고 기다 싶으면 나가는 곳 같다. 사업이 잘 안 풀리거나 좋은 사람을 모시고 싶거나 좋은 사람이 되고자 하시면 꼭 와 보시길 바란다.

권대욱의 월든 이야기

몸과 맘 하나가 되는 장작패기의 뿌듯함,
그 누가 알랴?

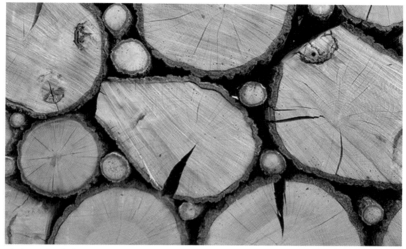

장작을 잘 쌓아둔 모습. 산막의 땔나무는 참 소중하다. 손님에게 바비큐도 구워주고, 밝음과 따뜻함을 주기도 하는 정말 요긴하고 고마운 존재다. [사진 중앙포토]

　이곳의 땔나무는 참 소중하다. 장작으로 방을 데워주고 손님들 오시면 바비큐도 구워주고 쌀쌀한 밤 광이불요光而不燿의 밝음과 따뜻함을 주기도 하는 정말 요긴하고 고마운 존재다. 점점 아침저녁으로 날이 차가워지니 난로가 그리워지고 야외 행사에도 화톳불이 있어야 한다. 이래저래 땔 나무가 필요한 계절이 됐다.

사방이 산이요, 온천지가 나무인데 무슨 걱정이냐 하겠지만 산에서 나무하는 게 얼마나 힘들고 고된 일인지…. 자르기도, 운반하기도 그리 간단한 일이 아니라 요즈음엔 난로용 장작만큼은 사서 쓴다. 뭣 눈엔 뭣만 보인다고, 죽은 나무, 떠내려온 나무, 벼락 맞은 나무 온갖 나무를 보면 아까워 엔진톱을 메고 많이 다녔다. 하지만 고생보다 소득은 조금에다 발까지 다치고 나서 생각해 보니 차라리 참나무 장작 한 차씩 사서 쓰는 편이 이득이라는 생각이 들었다.

장작 패기 4단계

오늘도 장작을 한 차 주문했다. 장작 반, 30cm 규격으로 자른 통나무 반이다. 산에서 가져온 나무는 적당한 길이로 자르고 빠개서 장작을 만든다. 통나무만이면 불붙이기 어렵고, 장작만이면 오래 가지 못한다. 장작으로 불 지피고 불이 왕성해지면 통나무를 넣는다. 그래야 오래간다.

전기톱으로 자르고 도끼질도 하며 장작을 만드는데, 이것도 요령이 필요하다. 우선 통나무 큰놈을 지면에 확실히 고정한다.

권대욱의 월든 이야기

큰 도끼를 통나무 중심부에 힘껏 박아 넣은 다음 오 해머로 도끼머리를 연속 강타한다. 한 번에 쪼개지면 다행이고 아니면 지렛대로 틈을 벌려 핀란드 도끼로 마무리한다. 이 순서를 반복하다 보면 장작이 쌓이고 행복도 덩달아 쌓인다.

나무 오는 날. [사진 권대욱]

운동량이 엄청나다. 허리, 어깨, 팔목은 물론 하체에도 힘이 들어간다. 몸을 움직일 때마다 느낀다. 내가 살아 있음을, 몸과 맘이 둘이 아님을. 나무를 자르고 옮기고 쌓는 뿌듯함은 말도 못 한다. 그 만족을 알기에 그날을 기다린다. 언제일지 모르지만 장비를 준비하고 날을 잡아야겠다. 그날을 기다리는 즐거움이 있다. 그래서 산막이고 그래서 스쿨이다.

운반차가 정리까진 해주지 않으니 부려놓은 장작은 집 주위로 예쁘게 쌓는다. [사진 권대욱]

　나무 운반하고 나르는 일도 보통 일이 아니다. 운반차가 정리까진 안 해주니 부려놓은 장작은 집 주위로 예쁘게 쌓는다. 산촌의 정취가 있고 보기에도 좋으니 일종의 '실외 장식'인 셈이다. 보는 것만으로도 뿌듯하다.

　쉬엄쉬엄하지마는 이럴 때 누가 도와주면 좋겠다 싶어 밥과 술, 고기와 잠자리를 미끼로 운동 삼아 장작 나를 손님을 몇

모신다. 그리하여 그날은 나무데이. 날 맞추어 장작 한 차를 주문한다. 중요한 겨울 채비다. 눈 오는 한겨울, 장작 난로 타는 소리, 밤이며 고구마 타는 냄새는 얼마나 아름다운가. 평화롭고 안온하며 따뜻하다. 하지만 준비 없이 이뤄지는 평화와 안온은 없다. 이 또한 산막이 주는 교훈이다.

장작으로 쓰는 나무는 참나무가 좋다. 연기가 적고 오래 타고 화력도 좋다. 소나무나 잣나무는 송진이 많아 연통이 잘 막히고 밤나무 등 잡목은 가스가 위험해 야외용으로만 쓴다. 옆 산에서는 벌목이 한창이고 나무들이 베어지고 잘려 실려 나간다. 한 차 얻어 두고두고 쌓아놓고 쓰면 좋겠다는 생각으로 두 차를 주문했다.

10t 트럭으로 두 차면 서너 해를 또 땔 것이다. 자르기도 힘들어 산판 아저씨께 40cm로 잘라 달라고 했다. 내가 하면 일주일 걸릴 일이 그분들 둘이면 한나절 감이니 나는 필요할 때마다 한 리어카씩 날라 쓰면 될 것이다. 계곡 공사로 베어진 잡목들은 다음 기회에 정리해야겠다.

살아있음을 온몸으로 느끼게 하는 노동

밭 한가운데 야적돼 썩어가는 참나무들을 데크 옆 공간으로 운반하고 쌓고 하는 것이 단순작업이지만 많은 체력을 요구한다. 상·하차 수단은 손이고 운반수단은 리어카다. 요령이 필요하다. 뱃심을 꽉 주고 밀착해서 순간적 힘을 발휘해야 한다. 무거운 통나무를 실을 때는 리어카를 앞으로 숙이고 지렛대 원리를 이용해야 한다. 쉬엄쉬엄하다 보면 한나절이 금세 간다.

나무를 정리하는 시간. [사진 권대욱]

힘든 것은 사실이지만 쌓여가는 통나무 더미를 보면 마음이 흡족하다. 이렇듯 나에게 노동하는 시간은 내가 살아있음을 온몸으로 느끼는 시간이다. 살아 행복하므로 더욱 열심히

권대욱의 월든 이야기

살아야겠노라는 강렬한 의욕과 힘을 느끼는 시간이다. 그래서 산막은 나에게 삶의 재충전 장이자 배움터요, 걸림 없고 탁 트인 자유를 느끼는 무애無碍의 공간이다.

　내가 애초부터 나무하고 장작 패던 사람이 아닌지라 꽤 자주 운두령 사는 동생운두령 산장 권대선이 도끼질에 능숙지 못한 귀농생활 초심자들을 위해 만들어 올리는 영상의 도움을 받는다. 나무하고 장작 패는 것뿐 아니라 공구 고르는 법, 다루는 법 등 많은 것을 보고 듣고 배우니 산골생활이 얼마나 수월한지 모르겠다.

장작 만들기. 몸을 움직이자. [사진 권대욱]

때로 몸을 움직거려 무언가를 하는 것은 정말 좋은 습관이다. 몸과 마음은 절대 따로가 아니다. 때론 몸이 마음을, 때론 마음이 몸을 지배하기도 한다. 노동은 신성하다. 운동과는 또 다른 그 무엇을 준다. 정신 노동하는 사람들은 반드시 육체노동으로 몸과 마음의 균형을 잡아야 한다. "왜?"라 하지 마시고 한번 해보시라. 정신이 순화되고 마음이 맑아지고 몸이 가벼워진다.

내가 살아야 할 이유, 내가 살아있을 가치, 내가 진정 살아있음을 느낀다. 귀한 장작이 쌓인다. 오늘은 장작 만들기 행복 만들기 쐐기의 힘의 힘을 받는다.

땀 흘리며 잔디 깎은 뒤 누워 바라본 하늘, 이게 바로 행복

닭이 알을 낳았다. 그것도 6개씩이나! 정말 탱글탱글한 닭알이다. 퀄리티부터가 다르다. 그중에는 큰 것도 있고 쌍알도 있다. 앞으로는 산막에서 적어도 계란 살 일은 없겠다. 닭 키운 보람이 있구나. 닭알 몇 개가 무어 그리 대수롭겠냐마는 무엇이든 수고해서 얻은 것은 다 귀함을 다시 느낀다. 나의 수고가 귀하듯, 남의 수고도 귀하게 여길 줄 알아야 하겠다.

산막에서 얻은 귀한 닭알! 자급자족 산막 생활 재밌구나! [사진 권대욱]

가을바람 소슬하니 숲속 공부방 하나 만들어야겠다. 책상 놓고, 걸상 놓고, 책 몇 권 놓고, 노트북 놓고, 듀오백 높이 앉아 앞산을 바라보니, 미물들도 가을 옴을 알았던가 견공 셋 이름 모를 벌레 하나 내 옆에 좌정한다. 미물들도 가을 옴을 알겠거늘… 너는 어쩌자고 아직도 일 생각이냐? 내일 일은 내일 생각하자.

몸을 움직여 새로운 모습의 산막을 준비해 본다. 땀은 나지만 정신은 건강해짐을 느낀다.
[사진 권대욱]

머리 아프고 몸 찌뿌둥할 때는 노동이 최고다. 단풍나무 가지가 자두나무 가지에 치어 자라질 못하니 곡우가 어떻게 해보라 성화인지라, 강풍 부는 날임에도 팔 걷어붙이고, 사다리 놓고, 전기톱으로 가뿐히 정리했다. 사다리 잡는 곡우에게 똑

권대욱의 월든 이야기

바로 잡으라 호통치는 재미도 있어 그랬나? 아 씻은 듯 사라지는 이 두통과 찌뿌둥함이여! 몸과 마음이 따로 아니고, 몸 움직이는 쾌복을 또 느낀다. 행복은 거창하지 않다.

　우리는 매일 살아가는 이유를 만드는지 모르겠다. 그냥 있어도 가슴 뛰는 그런 삶이면 오죽 좋으련만, 그냥 살아지는 삶이 아니라 살아가야 하는 삶이기 때문에 땅 위에 한 발을 딛되 또 한 발은 구름 위에 두어야 하는 것. 꿈과 희망 역시 살아가는 이유를 만드는 과정이 아닐지 모르겠다. 이루어진 꿈은 이미 꿈이 아닌 것. 또 새로운 꿈을 꾼다. 그 꿈의 끝 허망할 줄 알지만 그럼에도 우리는 꿈을 꾼다.

　내가 직접 작사한 〈나의 삶 나의 꿈〉의 가사다. 왜 사는가? 이 원초적 물음에 답하기가 쉽지 않다. "왜 사냐고 물으면 그냥 웃지요"라 시인은 말하지만, 소이부답笑而不答 하기엔 너무나 엄중한 물음이다. 우리는 보다 명쾌한 존재의 이유, 분명한 삶의 목적을 원한다. 쉽사리 다가오지 않는 그 해답을 위해 우리 스스로 정의하고 그렇다 믿는 만용이 필요할지도 모르겠다.

　그래서 정의한다. 소명이 우리가 세상에 와 존재하는 이유라면, 삶의 목적은 행복이라 말하고 싶다. 우리 모두는 행복하고 싶고 그럴 권리가 있다. 그런데 과연 행복은 무엇인가? 어디에 있으며, 어떻게 하면 행복해지는가? 인류 역사 이래 이 의문만큼 오래도록 많이 물었지만 정답 없는 의문도 없을 것이다. 런던 타임지에서 실시한 '가장 행복한 사람'에 대한 설문 결과가 답이 될지 모르겠다. 답변 중 1위에서 4위를 차지한 '행복한 사람에 대한 정의'는 다음과 같았다.

1위, 모래성을 막 완성한 어린 아이
2위, 아기 목욕을 다 시키고 난 어머니
3위, 세밀한 공예품 장을 다 짜고 휘파람 부는 목공
4위, 어려운 수술을 성공하고 막 한 생명을 구한 의사

이 답변들 중 백만장자나 황제나 귀족이 되는 것은 들어 있지 않다. 대정치가나 인기 있는 직업의 사람들도 모두 빠져 있다. 이 말에 크게 공감한다. 내가 직접 느꼈고 지금도 그 느낌을 위해 애쓰고 있기 때문이다. 18년 전 산막에 홀로 있을 때, 등짐 져 나른 돌과 경계석과 고물상의 FRP통으로 만들었던 분수대를 보며 느꼈던 행복감은 지금도 손에 잡힐 듯 선하다. 한여름 땀 뻘뻘 흘리며 잔디 깎고 누워 바라본 파아란 하늘과 한겨울 땔나무 그득 쌓아둔 충만감은 바로 행복이었다.

그것은 댐 만들고 고속철 만들고 높은 빌딩 짓고 공장 만들고 회사 사장으로 느꼈던 성취와는 차원이 다른 또 하나의 경

이로운 세계였다. 남이 아니라 나요, 수고에 대한 합당한 보상이며, 마음에 저버림 없어 얼굴에 부끄럼 없는 당당함 때문이었을 것이다. 참으로 행복한 사람은 현재의 그 자리에서 자신의 수고를 통해 맺어지는 열매를 보고 기뻐하는 사람이다.

몸과 마음이 따로 아님을 알고 마음을 통해 몸을, 몸을 통해 마음을 다스릴 줄 아는 사람이다. 가는 곳마다 주인 되고, 서 있는 곳 모두 참되어 마음에 저버림, 얼굴에 부끄런 빛 없는 사람이다.

가을 하늘이 깨끗하구나. 행복은 멀리 있지 않음을 오늘도 깨닫는다. [사진 권대욱]

행복한 사회를 원하는가? 행복한 가정 행복한 직장을 꿈꾸는가? 방법은 간단하다. 내가 행복해지면 된다. 욕심을 조금 버리고 불행하다 생각하는 작은 나를 잡아내어 생각만 해도 가슴 뛰고 눈 반짝여지는 곳으로 데려갈 참 나를 하나 만들어 두자. 데려갈 곳 없으면 갈 수 없으니, 늘 그런 곳 하나쯤 예비해 두자.

 '행복'은 오는게 아니라 만들어 가는 것이며, 내 주위에 항상 머물고 있다. 멀리 있지 않으며, 유보되거나 저축되어 배가 되는 것도 아니니, 멀리 아닌 지금, 내 몸 움직여 수고하고 땀 흘려 얻는 소소한 행복을 놓치지 말자. 생각만 해도 눈 반짝이고 가슴 뛰는 일 하나쯤은 늘 가지고 있자.

권대욱의 월든 이야기

다시 환해진 산막… 잊었다, 먹구름 위엔 태양 있다는 걸

대기의 움직임을 우리는 바람이라 한다. 그 움직임이 아주 클 때 우리는 태풍이라 부른다. 큰물과 큰바람, 큰 피해를 주기도 하지만 반드시 나쁜 것만은 아니다. 때로는 온갖 못 된 것, 잡동사니 쓰레기를 날려 버리기도 한다. 때로는 그의 것을, 때로는 나의 것을.

당장 눈앞에 안 보인다고 좋은 것은 아니다. 높은 곳, 낮은 곳으로 오르고 내려, 보이지는 않되 없어지지는 않는다. 더불어 사는 세상이다. 나와 다르다고 무조건 없애려 하지 말고 다름 가운데서도 서로 이해하고 화합하면 오죽 좋겠는가?

화이부동和而不同, 동이불화同而不和. 언제나 우리는 시종이 여일始終如一하고 언행이 일치言行一致하며 지행이 합일知行合一할 것인가? 근본이 부족한 우리. 불휘 깊은 남간 바람에 아니 뮐쎄, 곶됴코 열음하나니 산막의 푸른 솔은 언제나 변함이 없다. 광풍이 지나는 지금 남는 것은 무엇인가?

태풍은 가고 고요한 적막만이

태풍은 가고 고요한 적막만이 남았다. 강풍에 텐트가 갈가리 찢겼다. 프레임은 의외로 강하다. 완전 무공해 토종닭 계란 두 개로 아침을 시작한다. 청명한 공기, 아름다운 자연을 보니 뜬금없이 별이 생각났다. 그래서 불렀다. 가을이다. 아무리 떠들썩해도 결국은 다 가고야 마는 것. 세상의 이치가 그러하니 그저 담담한 마음을 이어야겠다는 생각이 든다.

계곡물에 갇히다 보니 먹을 게 없었다. 과수원 아저씨께 복숭아 몇 개 달라 하니 한 박스를 갖고 오셨다. 밥하기는 그렇고, 호박 몇 개에 복숭아 하나. 이만하면 족하지 않나? 저녁에는 누룽지나 하나 삶아 올리브와 함께 먹어야겠다. 말이야 바른 말이지, 먹기 좋아하는 내가 언제 이런 비자발적 다이어트를 해보겠는가?

저녁에는 손님들이 온다. 아리랑TV 다큐멘터리 팀은 내가 일하는 모습, 음악 듣는 모습을 찍자고, 청단 선발대는 산막의 새벽을 보고 싶은 게다. 나를 도와 손님 맞을 고마운 친구들도

권대욱의 월든 이야기

함께하니 공연히 마음이 바쁘다. 움푹 팬 도로도 석산 지원을 받아 보수했고, 방 청소도 대충 했고, 테이블이며 의자들은 햇볕 좋으니 금방 마를 것이다.

음향 기사 최 사장에게 오디오며, 마이크며, 턴테이블도 손보아 달라 했으니, 대략 준비는 끝난 게다. 나는 이제 기다리는 마음이 된다. 비 온 후의 산막이 눈부시다. 바람은 산들하고 햇빛은 청명하지 더도 덜도 말고 지금만 같

추석이라고 아랫마을 임씨 아저씨가 복숭아와 사과를 박스 가득 보내셨다. 고맙게 잘 먹는다. [사진 권대욱]

아라! 최고의 날씨를 선사해 준 하늘에 감사한다. 늘 잊는 게 있다. 그렇구나. 먹구름 위엔 태양이 있었구나.

가끔 참 요긴하다 싶은 물건을 볼 때가 있다. 쇠로 만든 이동용 책 바구니인데, 산막용으론 딱 그만이다. 내외가 다 책은 좋아해서 방과 원두막, 바깥 부엌에 이르기까지 온통 책꽂이인데도 왠지 오늘처럼 날도 푸르고 마음도 푸른 날은 정원에

의자 놓고 책 읽고픈 날도 있는 것이다. 그때 한 움큼 좋아하는
책들을 쇠 바구니에 쟁여 넣고 골라 읽는 재미를 아는가?

더욱이 〈인간극장〉 제작사로 유명한 제3비전 윤기호 사장
의 책 『동영상 이야기』가 그 가운데 떡 자리하고 있음에야. 며
칠 전 식사 자리에서 무슨 무슨 이야기 끝에 방송일 해보고 싶
다는 내 이야기에 옛친구보다 더 편안한 미소로 읽어보라 권
했던 바로 그 책 아니던가. 오늘, 푸른 하늘이 있고, 읽고 싶은
책 하나 있어 행복한 나. 마음은 캠코더 들고, 나의 인간극장,
나의 식객, 나의 문화유산 답사 현장으로 달려간다.

곡우는 내가 일은 안 하고 폰만 본다고 타박하고 나는 그게
아니라 일하는 것도 다 때가 있다 항변한다. 지금 나는 풀을
뽑고, 곡우는 청소한다. 잔소리 때문이 아니라 뽑고 싶어 뽑는

무애지지 아랫쪽에서 보는 산막의 모습이다. 늘 보는 모습도 보는 시각을 달리하면 달리
보인다. [사진 권대욱]

권대욱의 월든 이야기

거라 애써 생각하며, 밥 먹으라는 소릴 기다린다.

문득 생각한다. 혼자 밥 끓여 먹고, 일하고 싶을 때 일하고, 쉬고 싶을 때 쉬던 때가 그립다고. 때론 혼자가 편하겠다 생각한다. 애나 어른이나 잔소리는 정말 싫다. 배롱꽃, 구절초, 국화도 피는 이 고요하고 바람 서늘하고 어둠 깃드는 평화의 무애지지에 잔소리라니 다음부턴 혼자 올까도 생각한다.

내려오길 잘했다 싶다. 새벽부터 내리는 장엄한 빗소리. 나는 독서당에서, 아이들은 꿈속에서 그 소리를 듣는다. 이제 계곡은 맑은 물 가득하고, 숲은 그 물을 품을 것이다. 그리고 맑고 청명한 어느 날 그 머금었던 물 천천히 토해 낼 것이다.

숲이 품었다가 귀히 내어 준 물로 옹달샘은 마르지 않고 연못물은 가득 채워질 것이니 버들치들도 평온하리라. 세상이 오늘만 같아라. 빛이되 눈부시지 않고, 곧되 찌르지 않는 그런 날을 기대한다. 내려오길 참 잘했다. 아니면 이 빗소리 어디서 들었을까?

어제의 비와 지난번 옹달샘 배관공사로 연못의 물이 풍부해졌다. 연못에 물 차는 원리는 간단하다. 들어오는 물보다 나가는 물이 적으면 차고, 나가는 물이 들어오는 물보다 많으면 빈다. 문득, 고교 시절 미적분 시간에 타원형 욕조에 물 차는 시간

계산하던 일이 생각난다.

연못에 물 차는 메커니즘이 그보다야 복잡하겠지만, 본질은 같다. 삶도 재물도 다르지 않다. 채우지 않고 자꾸 쓰면 결국은 빈다. 비지 않기 위해서는 항상 자신을 열고 연결하고 담고 공부하며 채워야 한다.

참을 줄 알았던 사마천과 한신

살다 보면 소신껏 살지 못한 때가 있다. 때론 돌아가야 할 때도 있고, 그로 인해 부끄러울 수도 있다. 괴로운 일이긴 하나 결코 좌절하거나 포기해선 안 된다. 사마천은 궁형의 치욕을 견디고 사기를 썼고 한신은 과하지욕胯下之辱 – 무뢰배의 무릎 사이를 기는 치욕을 참으며 후일을 도모했다. 큰 꿈을 가진 사람은 작은 일에 연연치 않는다. 반드시 이룰 일이 있는 사람은 참을 줄 안다.

언젠가는 진실이 통하리란 믿음을 갖는다. 그렇지 않다면 외롭고 서러워 그 길을 갈 수가 없다. 길 없는 곳에서 스스로 길 되어 가고, 사랑이 끝난 곳에서도 사랑 되어 그 길 가는 사람은 모두가 그렇다. 그렇게 참으며 가는 것이다.

   사람은 몸을 움직여야 한다. 쉬다가 책을 읽다가 풀을 뽑았다.
뽑다가 힘들면 쉬고 쉬다가 무료하면 또 뽑았다. 심신이 가벼
워졌다. 곤충들을 살펴보았다. 나와는 무슨 인연일까, 생각해
보았다. 산막스쿨은 이런 공부를 하는 곳이었으면 좋겠다. 물
에 물 떨어지는 소리가 돌에 부딪히는 소리보다 깊고 좋다.

'아, 달빛이 이리 밝았었나'
세상을 새롭게 본다는 것은…

내가 사랑하는 빗소리. 강아지도 나도 빗소리를 들으며 비 오는 산막을 즐긴다.
[사진 권대욱]

    후드득 후드득 독서당 양철지붕 위로 떨어지는 빗소리, 쐬아
아 계곡물 내려가는 물소리, 타닥 탁 타닥닥 연못에 떨어지는
물소리, 나는 이 새벽의 모든 소리를 사랑한다. 어제부터 읽던
『살둔 제로에너지 하우스』를 다시 읽는다. 친환경 고효율 주택
에 대한 저자_{서울대 농대 선배}의 열정이 고스란히 느껴지면서도 한

편으론 그 열정이 지나쳐 번잡스럽지는 않을까 걱정도 된다.

모든 것이 다 그러하듯, 과유불급過猶不及, 지나침은 모자람만 못한 법. 콘크리트 집, 철골조 집, 목조 집 중에 인체 건강에 가장 좋은 집은 목조주택이란 말에 산막 모든 집이 나무집임을 상기하고 내심 안심하는 새벽이기도 하다.

비는 오늘도 계속 내릴 것이다. 나는 비를 사랑하며 비 맞지 않는 안온함을 즐길 것이다. 내리되 다만 지나치지 않기를 바랄 뿐이다. 나의 비 사랑을 돌아본다. 비 오는 산막에선 멍멍이들도 빗소리와 물소리에 차분해지고, 나는 원두막에 높이 앉아 『불자의 행복 찾기』를 읽는다. 나의 업에 따라올 것이 왔다가 인연이 다하면 떠나는 것. 이것이 중생계의 삶이다. 돈도 사랑도 명예도 권력도 출세도 모두가 그러하다. 그러니 어쩌겠는가? 생각을 바르게 하고 마음을 잘 써, 그 업보를 극복할 밖에. 이 아이들은 무슨 인연으로 내게 왔는가?

쥬방스 합창단과 KBF 중창단이 비 오는 산막에 온다. 닭 파티도 하고 멋진 공연도 기대하고 있었는데 이렇게 비가 내리니 걱정이 된다만, 오랫동안 별러왔고 또 음악 하시는 분들이니 이 정도 자연의 조화쯤이야 즐거운 마음으로 수용하시리라 믿는다. 그렇다. 야외 아니면 어떤가? 천지가 비 맞는 중 오로

비 오는 산막 파티가 쉽지는 않겠지만 우의 입고 먹는 저녁밥도 별미일 것이다. 통나무 집 방 안에서 바라보는 산안개 또한 절경일 것이다. [사진 권대욱]

지 나 하나 비 피하는 그 안온함도 무상의 행복이라 말없이 도 취되는 행복에 말 없어도 좋을 산막 아닌가?

소요逍遙의 유遊 지인무기至人無己 신인무공信人無功 성인무명聖 人無名. 지인至人은 지극한 경지, 최고의 경지에 도달한 사람이 요, 신인神人은 신과 같은 높은 경지에 이른 사람이요, 성인聖人 은 명예를 초월한 자이고, 지인무기至人無己라. 기는 나요, 자 기요, 자아이니. 무기無己는 사심私心이 없는 것이요, 이기심利己 心을 버린 것이요, 사리사욕私利私慾에 사로잡히지 않는 것이요, 자기 욕심을 떠난 것이다.

권대욱의 월든 이야기

무기無己는 사심과 사리사욕을 버림으로써 자유로워지는 것이다. 신인무공神人無功이라. 신神과 같이 넓고 큰 경지에 도달한 사람은 아무리 훌륭한 일을 하더라도 자기를 내 세우고 공을 자랑하지 않는다. 조그만 자아에 집착하지 않는다. 대수롭지도 않은 일을 자랑하려고 하지 않는다. 이것이 무공無功이다.

성인무명聖人無名이라. 성인聖人은 아무리 크고 뛰어난 공적을 쌓아도 그 공적에 따르는 명예를 구하지도 않고 자랑하지 않는다. 자기의 명예와 이익에 집착하지 말라. 이것이 무명無名이다. 오늘 우리는 비 오는 산막에서 노장老莊이 되어보면 어떠한가?

산방 한담 후 곡우와 일행들은 기천문을 수련하고 나는 새벽에 독서당으로 출근해 침대를 조립하고 구름 속 만월비경에 감탄한다. 아, 달빛이 이리도 밝았었던가? 이리도 아름다웠던가? 세렌디피티!! 새로운 발견이란 이 세상에 없던 것을 새로이 찾는 것이 아니라 이 세상에 있던 것을 새로운 눈으로 새로운 마음으로 보는 것이다.

아침저녁 날이 차니 난로가 그리워지고, 야외행사에도 화톳불도 필요하니 이래저래 땔 나무가 필요한 계절이다. 겨울 한밤 들어와 불 피우는 일도 간단치가 않다. 착화제를 썼었는데 그마저 떨어져 장작을 여러 번 쪼개서 불쏘시개를 만들었다. 결대로 쫙 쫙 갈라지는 장작. 그렇게 예쁠 수가 없다. 일주일

쯤 방에 두면 바싹 마를 테니 불 붙이기는 여반장. 나무 하나가 그리 소중할 수가 없다. 통나무는 지난번 벌목 시 확보한 것들이 산더미처럼 많이 있으니 이번엔 장작 형태로 사야겠다. 겨울이 오면 마음도 급해진다.

산막스쿨의 또 하나의 하이라이트 곡우의 기천문 시범. 잘은 못 하지만 많은 분들이 건강법으로 기천문에 관심도 많고 호응도 좋아 조금씩 가다듬어 산막스쿨의 중요한 프로그램으로 성장시킬 것이다. [사진 권대욱]

집중하고 장작을 팬다. 결대로 갈라진 장작이 예쁘다. 날이 더 추워지기 전
에 장작을 구비해야겠다. [사진 권대욱]

가슴이 뛴다,
내가 꿈꾸던 산막의 모습이 그려진다

 가을은 햇살로 온다. 앞산 그늘 엷은 햇살로 환해지고, 따뜻한 차 한잔과 고구마가 어울리고, 따뜻함이 감사해지는 계절이다. 이렇게 가을은 깊었는데 이 알 수 없는 쓸쓸함은 무엇인가? 살다 보면 미안해지는 일도 많다만, 오늘처럼 미안해 보기도 처음이다.

 창 너머 나무 하나 무슨 나무인 줄도 몰랐는데 오늘 보니 감

감나무야, 먼저 알아보지 못해 미안해. 앞으로 잘살아 보자. [사진 권대욱]

나무다. 예쁜 감 열려 있으니 감나무 아닌가. 내가 심은 것도 아니요, 누가 심은 것도 아닌데. 제 홀로 싹 틔우고 누가 알아주지 않아도 오늘을 보이도다. '아, 미안하다 감나무야. 오늘부터 우리 친구가 되어 아름다운 세상 함께 만들어 가자.'

세 이웃과 블로어blower를 공동 구매키로 했다. 세 이웃이 산막을 지킨 지 어언 20여 년. 그간 맏형 노릇 하느라 힘도 들었지만, 이제 와 모두 느끼는 건 함께하면 쉽다는 공동체 의식과 상호 배려 이웃사촌의 정신이다. 얼마 되지 않는 기금을 공동 운영키로 했고, 여기에서 공통으로 필요한 기기들을 구매하니 산막 공동체가 풍요롭다.

"우리 이거 하나 샀으면 좋겠네. 낙엽 제설에 그리 좋다네."

"좀 넓은 지역이나, 눈이 막 왔을 때 효율적입니다. 잔디 깎고 나서 풀 모으고 치울 때도 좋습니다. 이보다 좀 더 가벼운 것도 있습니다. 다만 에어콤프레서가 있고 전기선이 닿으면 크게 효용성은 다를 거 같아요. 그래서 충분히 검토해 보고 하시면 좋을 듯합니다. 문막 산중에 필요한 기기인 것 같습니다. 좋은 것으로 하나 사시지요."

이리하여 산막엔 블로어가 하나 생기게 됐다. 나는 그놈 오면 쓸어버릴 낙엽이며, 눈이며 생각하며 히죽히죽 웃는다. 혼자였다면, 내 몫만 챙기려 했다면 가능했겠는가? 물건이야 사면 되겠지만, 이런 따뜻한 기운은 어림없지 않았을까 생각하는 오후다.

새로 산 블로어로 낙엽 청소 중. 속이 다 시원하다. [사진 권대욱]

만산홍엽滿山紅葉, 온 산이 붉게 타는 가을.
산막 이곳저곳을 돌아보다

오매불망 원하던 4륜 운반차도 구했고, 나무도 잘 쟁여 있어 좋구나. 산간은 이미 겨울이다. 난롯불을 지피며 친구들 오기를 기다린다. 조촐한 산막스쿨, 그러나 여느 때보다 깊고 크고

권대욱의 월든 이야기

넓다. 별도 좋고, 살아온 이야기들도 좋고, 타오르는 불꽃 앞에서의 시도 좋고, 노래도 좋고, 이상적 산막스쿨의 전형을 본 듯하다. 그래, 딱 10명 정도가 맞는 듯하구나. 그 아래면 외롭고 그 위면 번거롭다.

전어구이, 부추전, 김치찌개가 있었던 산막의 아침. 집 나간 며느리도 돌아온다던 전어구이가 있어 기억에 남는다. 곡우의 후배들과 나의 지인 몇이 함께했던 안개 낀 밤이 지나고, 다시 또 저녁이 왔을 때 곡우와 나는 2층 방 블라인드를 매달았다. 설명서를 보아도 어려웠지만 백지장도 맞들면 낫다더니, 티격태격해 가면서 결국은 달았다.

글도 쓰고 음악도 들었지만, 마음이 찌뿌둥했었는데 이제 편

불타오르는 난로와 밥상 위 전어를 보니 가을이 왔음을 실감한다. [사진 권대욱]

안하다. 드릴을 들고 피스를 물리고 훅을 끼우고, 블라인드를 물리는 동안 그 정체를 알 수 없는 불안과 미편함이 다 녹아내렸다. 다시 한번 느낀다. 몸을 움직여 주면 마음이 편하다는 걸. 몸과 맘이 따로가 아님을.

오래전부터 마음 썩이던 일 하나를 해결했다. 산막 뒷산을 꼭 사서 석산 개발을 계속해야겠다는 업자의 집요한 요구를 못 이겨 산주인 임씨 아저씨가 팔겠다 할 때 나는 절망했다. 같은 값이면 내게 팔겠다 하셨지만 내가 감당할 수준은 아니었다. 집이라도 팔아서 사고픈 오기가 없었던 것은 아니나 현실적으로 가능한 일은 아니었다. 민원이나 합리적 행정처분으로 막아야겠지만 이 또한 험난한 길. 그렇게 아끼던 산막을 결국은 포기해야 하는구나? 마음이 쓰리고 세상사는 낙이 없었는데, 어제 그 임씨 아저씨가 팔지 않겠다는 뜻을 전해 오셨다. 아, 진실로 원하면 이루어지는가? 매일 새벽 기도로 기구했었다. 고맙다. 고맙고 또 고맙다.

이제 산막은 내가 오래전부터 꿈꾸던 모습으로 바뀔 것이다.

1. 일대 밭 주인들과 산주들의 동의를 받고 산막과 토지를 현물출자 형식으로 출자받아 산막법인을 설립하고 대대적인 친환경 귀촌 마을을 조성할 것이다.
2. 석산은 대규모 수변공간과 동굴, 호텔, 암벽 등반코스 등을 갖춘

친환경 관광 레저 단지로 바뀔 것이다.

3. 자연을 사랑하고 사람을 사랑하는 선별된 인원들에게 사전분양을 통해 재원을 마련하고, 산막스쿨과 연계한 무공해 먹거리 공급사업을 시작할 것이다.

4. 황톳길을 만들고 텃밭을 공급 관리하며 반려동물을 체계적으로 관리할 시스템을 만들 것이다. 주민들은 주말에 와서 할 만큼만 노동하고 즐기고 떠나면 되는 것이다.

5. 때 되면 메주 쑤기, 된장 담그기, 김치 담그기, 황톳길 걷기, 해돋이 명상, 독서, 글짓기 등은 물론, 문·사·철과 예술공연을 통해 멋진 워라밸을 실현하는 명품 행복 마을을 만들 것이다.

6. 계곡 주변에는 독서당을 만들고, 온갖 책들을 비치해 한 줄 읽고 한나절을 생각하는 독서환경을 만들 것이다.

쉬운 길이 아니지만 이 생각만 하면 다시 눈이 반짝이고 가슴이 뛸 것이다. 힘들고 어려운 현실을 잊고 희망을 볼 것이다. 그러니 이 험한 세상, 왜 이 길을 가지 않겠는가?

산막스쿨,
사회적 기업 만들련다

"발견이란 새로운 것을 찾는 것이 아니라
새로운 눈으로 보는 것이다."

20년을 보아온 산막에서도 평생을 살아온 부부에게도 그런 순간은 온다. 눈뜨자 보이는 산막의 창밖 풍경에서, 언젠가 본 곡우에서 그 모습을 본다. 부부는 역시 함께여야 하는구나.

누굴 위해 사는가 우리는? 그를 위해? 그녀를 위해? 또 다른 그들을 위해 산다 하지 말자.

"여보, 이 옷 어때?"
"음 좋네"
"이 모자는?"
"음 잘 어울리네."
"난 운동모자 같은 거보다 이런 클래식한 모자가 잘 어울리는 것 같아."

"당신이 원래 클래식하잖아."
이렇게 말하려다 그만두었다.
"돈 보내야겠네."
지난번 생일 때 약속했던 옷이고 비싸지 않음을 알고 있다.
"아, 당신은 멋쟁이."

오늘 새벽 한 사람은 이른 출근을 준비하며, 그리고 한 사람은 이른 운동을 준비하며 나눈 대화다. 문득 생각해 본다.

누굴 위해 사는가? 우리는 그를 위해, 그녀를 위해, 또 다른 그들을 위해 산다고 하지 말아야 할 것 같다. 해바라기처럼 어떤 사람을 그리며 그들이 웃으면 웃고, 그들이 울면 따라 우는 인생은 옳지 않다고 생각한다. 그가 혹은 그녀가, 그들이 당신의 연인일 수도 있고 직장의 상사일 수도 있겠지만, 그들이 당신의 삶을 대신 살아주지 않는 한 그것은 옳지 않을 것이다.

나는 나다. 내가 나일 때, 비로소 나의 자존이 지켜지고 자존이 지켜져야 자유가 살아난다. 과연 당신이 목숨 바쳐 애정하는 그 모든 것이, 내가 존재하지 않는다면 무슨 소용이란 말인가? 모든 것은 나로 시작되고 나로 귀결된다.

"남을 기쁘게 하여 내가 행복하고, 남을 이롭게 하여 내가 기쁘기". 이 말을 터득하는 데 칠십 평생이 걸렸다. 사랑하고 충성하지 말란 이야기가 아니다. 그 모든 곳에 내가 주인이며, 그 모든 것에 내가 있음을, 그 모든 것이 궁극으로는 나를 위함임을 잊지 말라는 이야기다. '세렌디피티serendipity'는 '뜻밖의 발견을 하는 능력, 의도하지 않은 발견, 운 좋게 발견한 것'을 뜻한다.

새벽 산막. [사진 권대욱]

날은 신선하고 바람은 서늘하다. 일하기 좋은 때다. 제멋대로 자란 수목 줄기와 나뭇가지들을 예초기와 트리머로 예쁘게 정리해 준다. 하루에 다 못한다. 긴 호흡으로, 큰 그림으로, 세월아 네월아 하며 쉬엄쉬엄 해 나간다. 인생사 다 그렇듯 급히 서둘러 좋

권대욱의 월든 이야기

을 일 없고 급한 성미를 다스리는 데 이만한 수양이 없다.

그림을 그린다. 흙 100차쯤 받아 낮은 곳 돋우고 높은 곳 내리고 평평히 골라 멋진 평원을 만들고, 잣나무 숲엔 트리하우스를 만들고 싶다. 차박이든 글램핑이든 오고 싶은 사람 오게 하고, 산막 스쿨은 사회적 기업으로 전환해 지속 가능한 비즈니스 모델을 만드는 거다. 계곡 옆 하천부지에는 캠핑장을 만들고, 물은 여기서 화장실은 저기에 구름이 그림 그리듯 마구마구 상상의 나래를 편다. 오랜 장마에 많이 우울했었다. 활짝 갠 가을 하늘만큼 큰 나래를 편다. 그래, 내가 할 일이 참 많구나. 할 일이 많아 참 행복하구나.

오늘은 단지 내 수목을 정리했다. 독서당 옆이며 뒷산의 칡 넝쿨이며 잡목을 간벌해 주고, 큰 나무 외 잔가지는 모두 긁어 모아 지풍화수 자연으로 돌려보낸다. 낫과 정글도를 기본으로 하고, 예초기와 트리머, 톱과 장대, 나무 커터 갈퀴와 사다리를 이용했다. 북 치고 장구 치고 혼자서 6시간의 중노동을 겪었지만, 정신은 명징하다. 보이는 흰색 작업복은 일회용이지만 세 번은 입을 수 있고 상당히 견고해 나뭇가지나 웬만한 풀에도 안전하다. 저녁은 재열이 가져온 갈비탕으로 잘 먹었다. 늘 얘기하지만, 노동은 정말 많은 걸 준다. 밥 먹을 자격도 그 중 하나다.

풀베기가 수양도 되고 소일도 되어 산막 주변까지 확장하고 있는 와중에 지나다니던 아랫마을 분들이 "수고하시네요" 하기도 하고 그냥 말없이 보기도 한다. 어제 제부도 돌아오는 길에 살펴보니 내가 다 하지 못한 마을 어귀 진입도로 입구까지 깨끗이 정리되어 있더라고 했다.

그렇구나. 사람의 마음을 움직이고 도움을 받으려면 스스로 먼저 움직이고 도움을 주어야 하는구나. 맨날 쿵작거리고 노는 줄만 알았더니 이런 기특한 일도 하는구나. 그런 마음이 그들의 마음도 움직였구나 싶다. 지역 공동체에 조금은 덜 미안해진 곡우가 참 잘했다고 칭찬도 하니, 떳떳해진 내 마음도 참 좋다. 이제 진입로는 되었으니 계곡 건너 풀밭이나 정리해야겠다.

날마다 SNS로 여는 나에게 페북과 유튜브는 이제 일상이자 직업이 되었다. 유튜브는 2024년 4월 기준 구독자 1.19만 명, 동영상 2.3천 개이다. 그 내용은 촌철활인, 행복한 경영 이야기, 유비 서당, 유비 시당, 산막일기, 산막 투데이, 아르스 비테삶의 기술, 페러데이 영어, 팝송영어, 노래 등 다양하고 빈번하지만 아직은 미미하고 불비하다. 그러나 꾸준하고자 하며 그 꾸준함을 사랑하려 한다.

권대욱의 월든 이야기

쓰고 말하고 노래하는 삶. 세상을 떠난 마음出世之心으로 세상의 일을 할 수밖에 없는 한계. 삶과 일을 구분치 않는 무경계적 삶. 공헌과 기여라는 여생의 이상을 완벽하게 구현하는 꿈이 이 행위에 존재한다. 보잘것없다 하는 이도 있겠지만, 그 행위는 내가 살아가는 방식이고 세월을 낚아 자유의 길로 향하는 출구인 셈이다. 그러니 꽤 절실하다. 심심파적이거나 일시적이 아니라는 이야기다. 하여 이리저리 홍보도 하고 톡도 보내고 한다.

이러면서 드는 생각이 있다. 나의 절실함을 몰라주는 섭섭함과 다른 사람들의 절실함을 몰라주던 나의 미안함이다. 그래서 내게 보내오는 지인이나 페친들의 구독, 좋아요 요청에는 특별한 경우 아니면 모두 응하고 있다. 아마도 그분들에겐 어떤 만남이나 선물보다 귀한 것일 것이다. 그러나 사람마다 취향과 개성이 달라 무시당하거나 경원시 되거나 배척되는 경우도 있다. 때로는 민폐일 수도 있다. 이해한다. 뭐라 하지 않는다. 나를 모르거나 각별하지도 않은 일반인의 경우라면 당연한 이야기다.

그러나 적어도 'On'이든 'Off'이든 이미 친구이거나 친구 되길 원하거나 나를 팔로우 하는 분이라면 이야기가 달라진다. 그래서는 안 된다고 믿는다. 왜냐하면 그분들은 나와 마음을 나누는 귀중한 인생의 도반이요 가르치고 배우며 함께 성장하는 교학상장의 학반이기 때문이다. 그런 분이 몰라라 한다면 당연히 도반이나 학반이 아니니 섭섭한 것이고 그 섭섭함이 이해 안 된다면 그이가 나의 친구 될 자격이 없거나 내가 그분의 친구 될 자격이 없다고 생각하니 또한 미안한 것이다.

나 역시 많은 반성을 한다. 나는 절실하다며 부탁 아닌 부탁을 하고 다니면서 다른 사람들의 부탁은 얼마나 잘 들어줬으며 그 부탁의 저변에 있는 절실함을 알아보긴 했는가? 어떤 사람이 이런저런 인연으로 무언가를 부탁했을 때 그냥 건성으로 듣거나 말로만 알았다 하고 잊지는 않았었나? 그래서 그 사람 마음 아프게 하고 절실함이 배신당했다고 여겨 평생 경원당하지는 않았는가? 그래서 앞으로 그러지 말아야겠다고 다짐한다. 그리고 많이 감사하다. 보잘것없는 내용을 구독해 주고 좋아해 주고 댓글로 소통해 주시는 분들, 어찌 고맙고 귀하지 않겠는가. 진심으로 잘 되시고 복 받으시길 간절히 바란다. 그리고 우리 모두 적어도 안면이 있거나 알거나 알 만한 사람이 요청해 오면 죽기 살기의 문제만 아니라면 응해주도록 하자. 그러면 당신 또한 응함을 받으실 것이다.

산막서 내 힘쓸 일 무엇인가? 몸 건강, 마음 건강, 기여와 공헌, 그 밖에 무엇이 있겠는가? 수련, 명상, 울력, 공부와 나눔.

권대욱의 월든 이야기

이 모든 것이 하나요, 어느 것 하나 따로인 것은 없다. 미움도 사랑도 이기도 이타도 결국은 나에게로 귀결된다. 그러니 왜 미워하겠으며 애써 구별하겠는가? 이기와 이타, 몸과 마음, 일과 삶! 이 모두가 일체요, 하나이다.

걸림 없는 자유(무애)를 추구하는 사람들의 땅이라는 의미로 무애 지지라 이름한 산막. [사진 권대욱]

미스터트롯, 나이 제한…
그래도 70대 가수 꿈꾼다

　가을이 깊었다. 국화꽃도 만개했다. 이맘때쯤이면 늘 생각나는 식구 하나가 있다. 도연명의 음주가에 나오는 '채국동리하 採菊東籬下 유연견남산悠然見南山'이 바로 그것이다. 오늘도 동쪽 울타리 밑에서 국화를 꺾어 들고 남쪽 산을 바라보는 마음이 된다.

　오래전 이곳에 온 페친 부부와 데크 옆에서 이야기 나누던 중 곡우는 '채국동리하採菊東籬下 유연견남산悠然見南山'을 읊었다. 내가 이전에 몇 번 좋아한 시구라 이야기한 적은 있지만 객들 앞에서는 읊지 못했었다. 가을 아침의 맑음과 객들의 진지함 때문이었겠지. 그 의미가 오늘따라 심장하게 다가온다. "모든 게 마음이다"를 늘 말하지만 참으로 오묘하다.

　우리의 마음, 그 마음은 어디에 있는가? 가슴속에 있는가? 머릿속에 있는가? 누가 그 마음을 움직이는가? 마음이 함께이지 않으면 소리가 들리지 않고, 맛도 느껴지지 않고, 보이지도

　　　　　　　　　　권대욱의 월든 이야기

않고, 느껴지지도 않음을 이야기했다. 방 안 시계 소리가 거슬리다가도 어느 순간 들리지 않는 건 분명 소리가 없어서가 아니라 마음이 다른 곳에 있기 때문일 것이다.

그러니 1700년 전 이 위대한 시성은 저잣거리에 집을 지었으면서도 수레 소리가 시끄럽지 않았을 것이고 뜰 아래 국화꽃을 따다가 한가로이 남산을 바라볼 수 있었을 것이다. 서푼짜리 벼슬에 연연치 않고 '전원장무 호불귀田園將蕪胡不歸'를 읊조리며 나귀 등을 타고 낙향할 수 있었을 것이다. 누가 SNS를 가볍다 하는가? 친구 된 지 얼마 안 된 페친과 어느 아름다운 가을 아침 도연명을 이야기하고 마음자리를 이야기할 수 있었다면 그 만남이 결코 가볍다 하지 못할 것이다. 마음을 한가로이 하고 아래 오언절구를 읽어보자! 마음이 한가로워질 것이다.

結盧在人境(결로재인경) 而無車馬喧(이무거마훤)
問君何能爾(문군하능이) 心遠地自偏(심원지자편)

採菊東籬下(채국동리하) 悠然見南山(유연견남산)

山氣日夕佳(산기일석가) 飛鳥相與還(비조상여환)

此中有眞意(차중유진의) 欲辨已忘言(욕변이망언)

　사람 사는 곳에 오두막을 지었지만, 수레 끄는 소리 말 울음 소리로 시끄럽지 않네.

　어찌 그럴 수 있냐고? 사람들이 묻지만, 마음이 멀어지면 사는 곳도 절로 외딴곳 되는 법.

　동쪽 울타리 밑에서 국화를 꺾다 보니 한가롭게 남산이 들어오네.

　산 기운은 석양에 아름답고 새들은 짝지어 돌아오누나.

　이 가운데 참뜻이 있으니 말로 드러내고 싶어도 이미 할 말을 잃어버렸다.

　무슨 재미로 산막에서 사나? 아무것도 하지 않을 권리. 무위에도 백척간두는 있다. 머무르거나 애쓰지 말자. 그냥 뛰어내리는 거다. 가을이 깊었다. 모든 것이 마음에서부터 시작한다.

　새 식구들이 왔다. 개가 총 4마리다. 개들은 비 오면 비 맞고, 외로운 밤도 견디고, 밥도 알아서 챙기고, 형한테 혼이 나기도 한다. 산막에서는 도리가 없단다. 자유에는 대가가 따른단다. 얘들아. 개도 교육하면 된다. 사람이나 개나 짝 없으면 외롭고 쓸쓸할 것이다. 아끼던 개 누리가 떠난 후 매사 의욕도 없고 축 처져 있던 대백이가 어린 진돗개 온 이후로 삶의 의욕을 되찾은 듯하다. 활발하고 씩씩하다. 오래오래 행복하게 내 곁에 머물렀으면 좋겠다. 어린놈의 이름은 누리라 지었다. 이제 두 달배기 어린 녀석이다. 많이 사랑해 줄게.

대백이, 누리. 천진난만하게 뛰노는 개들을 보면 마음도 평화로워진다. [사진 권대욱]

산막에서 만나 인생의 도반이 되어 서로 이끌고 밀며 아름답게 살아가시는 산막 도반들의 특별한 리유니언이 있는 주말. 오늘은 화톳불과 가을 전어와 대화를 하는 산막이다. 불은 참으로 신기한 존재다. 사람을 겸허하게 하고 솔직하게 만든다. 그래서 불 앞에서의 대화는 진솔하다. 예술인들의 진정한 보금자리를 만들겠다는 문 작가의 꿈이 꼭 이뤄지길 바란다.

어제오늘 산막에서 한 일

1. 보온재 피복 및 테이핑(무녀와 병환 일행)

2. 고구마 수확(정 박사, 곡우)

3. 연통 청소(나, 곡우, 지영 씨)

4. 처마 밑 균열 보강 및 실리콘 방수(나)

5. 빨래(곡우)

6. 뮤비(나)

[권대욱TV] https://youtu.be/lvFiWvyvGtM?si=55u39ypwOIy_yOpi

　바쁜 일 없이도 무료하지 않고 기쁜 일 없어도 우울하지 않
은 삶, 언제나 기쁨 가득하고 행복한 삶, 그딴 삶은 없다고 단
언한다. 언제나 스스로 새롭기 위해, 우울해지고 권태스럽지
않기 위해 노력할 뿐이다. 자신을 새롭게 하고, 세상을 아름답

권대욱의 월든 이야기

게 보기 위해서는 자신의 노력이 필요하다. 그렇게 노력하고 자 하는 마음이 필요한 것이다. 그 마음은 어디서 오는가? 나는 그 마음이 사랑으로부터 온다 생각한다. 그러니 왜 사랑을 하지 않겠나? 자신에 대한 사랑, 타인에 대한 사랑, 세상에 대한 사랑, 사랑은 끝이 없다. 그 마음 지금도 다르지 않고 저는 여전히 노력한다.

미스터트롯은 나이 제한에 날아갔으나 70대 가수의 꿈은 절대 포기하지 않는다. 계획했던 친구들과의 유튜브 방송을 마쳤고 시즌 2를 계획하고 있다. 청춘합창단 유튜브 방송도 스폰서만 구하면 바로 시작할 것이다. 세상 하고 싶은 일 중 하나가 바로 먹방 안내 방송이다. 예로서 〈한국인의 밥상〉의 최불암 선배나 김영철 씨의 〈동네 한 바퀴〉인데, 내 영상보고 식욕을 찾으셨다는 분도 많으니 이 또한 왜 아니겠나 싶다.

회사에서 계획하는 코리안 탈무드 프로젝트도 정말 해보고 싶은 일 중 하나다. 이런 생각과 호기심이 나를 앞으로 나아가게 만든다. 누군들 걱정이 없겠나? 누군들 삶이 매 순간 경이롭고 행복하겠나? 단언컨대 그런 삶은 없다. 자신을 격려하며 위로하며 살아가는 것이고 그 근본은 사랑이다. 자신을 사랑해야 세상을 사랑할 수 있다.

묵직한 걱정으로
잔잔한 걱정 덮는다

화톳불 가마솥 [사진 권대욱]

산막 야외에는 화톳불 피우는 가마솥이 있는데, 워낙 불을 많이 쬐고 오래되다 보니 밑이 다 부서졌다. 가마솥을 구해보자니 그도 쉽지 않았는데, 마침 정 박사가 새 솥을 어느 두부 만드는 집에서 구해왔다. 밑이 빠진 이전 가마솥은 나무 정리용으로 써야겠다.

이어 도낏자루를 만들어 본다. 도낏자루나 망치 자루 같은 것은 물푸레나무가 제격이다. 나무가 질겨 자루로 안성맞춤이다.

적당한 길이로 잘라내고 나무에 난 작은 가지도 잘라낸다. 공구가 좋으니 서너 개의 자루쯤은 금방이다. 숙원사업을 해결한 오늘, 정 박사 내외에게 감사하고, 어느 두붓집 아주머니께도 감사한 하루다.

10월 25일 이건희 회장, 10월 26일 박정희 대통령 타계. 두 분의 죽음을 생각하며 드는 생각이 있다.

- 죽음에 예외 없다. 누구나 모두 언젠가는 죽는다. 나는 아니지 하는 생각은 정말 아니다. 생자필멸 회자정리(生者必滅 會者定離)다.
- 두 사람 모두 나나 우리보다 행복해 보이지는 않는다. 행복 총량 불변의 법칙. 영경욕천(榮輕辱淺)하고 이중해심(利重害深)이라 영광이 가벼우면 욕됨이 얕, 이로움이 무거우면 해도 깊다.
- 사람은 그 누구나 공과가 있다. 공은 기리고 과는 감춘다. 이것이 망자에 대한 예의다.
- 공수래공수거(空手來空手去). 누구나 빈손으로 왔다 빈손으로 간다. 베풀며 살자.
- 돌아가신 분은 말이 없는데 남은 사람 중 머리 아픈 사람 많겠구나. 어쨌거나 우리나라와 경제에 큰 획을 그으신 분이다. 삼가 고인의 명복을 빈다.

"우리는 꿈이 있기에 위대합니다."

『자라투스트라는 이렇게 말했다』의 한 구절이다. 누구나 자기 미래의 꿈에 계속 또 다른 꿈을 더해나가는 적극적인 삶을 살아야 한다. 현재의 작은 성취에 만족하거나 소소한 난관에 봉착할 때마다 미래를 향한 발걸음을 멈춰서는 안 된다.

우리의 몸이 영양가 있고 맛난 음식으로 에너지를 얻는다면 정신은 어떠한가? 희망과 꿈. 그 희망과 꿈을 이루려는 열정으로 타오르고 빛나는 것은 아닐까, 생각해 본다. 사람이 늘 행복할 수 있나? 아무리 행복해 보이는 사람도, 저 사람은 무슨 걱정 있을까 하는 사람도, 무거운 고민 몇 개씩은 가슴에 달고 산다. 그것이 사랑이든 성취이든 그렇게 우울병처럼 달고 산다. 그것이 인생일 것이다. 늘 쾌활하고 즐거울 수 없는 것이 인생일 것이다. 그때, 그 어렵고 힘든 순간, 나를 데려가 가슴 뛰고 눈 반짝이게 할 그곳. 그것이 꿈이요, 희망이라 믿는다. 누가 만들어 주지 않는다. 없다면 어찌할 것인가? 스스로 만들 수밖에 없는 것 아니겠나.

어느 날 아침 곡우가 말했다. 걱정하는 대신 최선을 다하기로 했다고. 당신은 늘 최선을 다하지 않는가? 아니다가 그녀의 답이었다. 그렇다. 우리는 최선이라는 말을 참 쉽게 쓰고

　　　　　　　　　권대욱의 월든 이야기

무엇으로 사는가? 우리는. 그대, 걱정하지 말라. [사진 권대욱]

있는 것은 아닌가 생각해 본다. 그래도 다행이다. 걱정 대신 최선을 다하겠다는 말.

산막의 만월을 생각한다. 달빛과 구름과 하늘이 아름다웠던 밤. 스쳐 지나간 모든 인연을 돌아보며 별 헤던 동주를 생각하던 밤. 보이지 않던 아름다운 것을 보고, 들리지 않던 귀한 것을 들어야겠다 결심했던 밤. 이 세상 살아있는 모든 것과 죽어가는 모든 것을 사랑해야겠다고 생각한 밤. 그것이 최선 아니겠나 싶다. 우리의 삶에 어찌 근심·걱정이 없을 수 있겠나? 천석꾼은 천 가지 근심, 만석꾼은 만 가지 근심이라 했다. 우리는 누구나 걱정거리를 안고 살 것이다. 그러나 따지고 보면 그 걱정거리의 99%는 걱정해도 소용없거나 걱정할 필요도 없는 일들이니 잊는다, 처리한다, 무시하다가 가장 유효한 걱정 퇴치법 아닌가 싶다.

잊히지 않는데 어떻게 잊는가? 어떻게 무시하는가? 여기 두 가지 방법이 있다. 그 하나는 기쁜 일로 잊는 것이다. 생각만 해도 눈 반짝이고 가슴 뛰는 일을 생각하는 순간 그런 걱정은 잊힌다. 그래 이런 일도 있는데 그까짓 걱정이 뭐 대수냐 하는 거다. 두 번째는 더 크고 묵직한 걱정으로 잔걱정을 덮는 것이다. 그래 내가 이까짓 잔걱정에 휘둘릴 수는 없다. 내겐 평생을 걱정할 화두가 있지 아니한가? 소위 종신지우終身之憂적 근심으로 일조지환一朝之患적 근심을 덮는 것이다.

그런데 그런 기쁜 일, 그런 화두를 미리 마련해 두지 않는다면 무엇으로 잔근심을 잊을 것이며 무엇으로 걱정거리를 덮겠나? 그러니 생각만 해도 가슴 뛰고 눈 반짝여지는 일, 저 심연에 닻 내린 묵직한 가슴속의 화두 하나 정도는 반드시 마련되어야 하는 것이다. 누가 만들어 주지 않는다. 그러니 내가 만들어야 한다.

출간에 앞서, 독자들에게 조금이라도 더 가까이 다가갈 수 있도록 책 제목에 대해 무척 고심했다. 그때 (도)행복에너지 편집부에서 10가지나 되는 책 제목을 부제와 함께 제안해 주었다.

1. 누구나 선생이 되고 무엇이든 과목이 되는 인생학교 (산막스쿨 교장 권대욱의 산과 삶, 그리고 사람 이야기) 2. 주어진 대로 살아지면 사라진다 (권대욱의 산막 My Way) 3. 배움이 있고 가르침이 있는 산골짝 자연학교 (청춘합창단 명단장 권대욱의 산막일기) 4. 잃은 것보다 얻은 것을 센다 (평생 CEO 권대욱의 슬기로운 산막생활) 5. 함께 소통하고 힐링한다 (권대욱의 삶과 자연의 교향곡) 6. 자연을 따라 내 길을 가다 (권대욱의 봄·여름·가을·겨울) 7. 모두가 반짝이는 별이 되는 곳 (산막에서 찾은 나의 길) 8. 별과 달을 보며 인생을 이야기한다 (권대욱의 자연별곡) 9. 가슴 뛰는 세상을 위하여 (권대욱이 노래하는 삶의 미학) 10. 인생을 배워가는 자연학교 (권대욱의 산막스쿨 하모니)

출판사의 정성에 탄복하여 고심을 거듭하였으나 최종 제목은 내 생각대로 "권대욱의 월든 이야기"로 선정하였다. '월든'은 길이가 긴 쪽의 폭이 1km 남짓한 월든 연못(Walden Pond)에서 나온 단어이자, 데이비드 소로가 자연 속에서의 단순한 삶을 예찬한 책 이름이기도 하다.
자연 예찬 작가이자 시민의 자유를 옹호한 실천적 철학자인 소로의 글은 간디, 케네디, 톨스토이, 예이츠, 헤밍웨이 등 수많은 사람에게 영향을 끼쳤다. 나 역시 다르지 않다. 소로를 좋아하고, 그에게서 꽤 큰 영향을 받았다. 수십 년 전 강원도 산골에 터를 잡고 산막을 일궈 오늘에 이른 것도 따지고 보면 그의 영향이기 때문이다.
게다가 그와 나는 공통점이 꽤 있다. 소로는 호숫가에 통나무집을 지어 2년을 살았고, 명문대생의 편안한 삶을 포기하고 육체노동을 즐겼다. 대기업 사장직에서 쫓겨나 3년간 홀로 산막을 일구며 살았고 지금도 매주 그곳을 찾는 난 분명 그와 닮았다.

이런 연유로 최종 제목을 "권대욱의 월든 이야기"로 선정한 것이다. 최종 채택은 안 되었으나 끝까지 최선을 다해준 (도)행복에너지와 권선복 대표에게 고마움을 전한다.

01. 산막의 꽃 장작난로, 보는 것만으로도 힐링이

02. 침실에 물 새는 산막… 한순간에 심란함 사라진 이유

03. "너무 많이 주지는 마세요" 문막 땅 인수가 올린 이 한마디

04. 순서 바뀌어도 편하게 굴러간다… 습관, 너 별거 아니구나

05. '산은 산, 물은 물' 내가 이 말 하면 사람들이 비웃을까

06. '내 속엔 내가 너무도 많아' 산막 생활이 던진 화두

07. 인생길 닮은 산막 가는 길… 오름보다 내림이 더 힘들어

08. 풀포기 하나에도… 산막의 무경계적 가르침

09. '기쁨 수고 비례 법칙' 통하는 장작 난로

10. '쓰·말·노'… 나의 슬기로운 집콕생활

Part 4

겨울,

산막의 꽃 장작난로,
보는 것만으로도 힐링이

  언젠가 밝혔듯 전원생활의 여유로움과 즐거움에는 반드시 상응하는 수고가 따른다. 모든 옳고 아름답고 멋진 일 뒤에는 남다른 노력과 수고스러움, 괴로움이 따른다는 것. 이거 정말 멋지고 신나기도 하다. 만일 이 모든 즐거움과 행복이 아무런 수고나 번거로움도 없이 돈만 있다고, 권세만 있다고 그냥 오는 것이라면 좀 갑갑하지 않을까. 그를 가지지 못한, 아니 가지려 해도 가질 수 없는 상실감과 소외감이 어떻겠나.

  얼마 전 모처럼의 피치 못할 운동 약속 때문에 저녁 늦게야 산막에 왔다. 날이 무척 차가워 오자마자 장작 난로부터 지폈다. 기름보일러 하나에 의존하기에는 산중의 추위가 너무 심하고 비워둔 시간이 너무 길었다.

장작 난로 지폈더니 산막에 안온함이

  강추위다. 물은 얼고 날은 시베리아처럼 차다. 어제의 심란

권대욱의 월든 이야기

함도 결국은 이거 때문이었다고 생각하니 그 가벼움에 실소가 난다. 오늘은 어떤가. 어제의 심란함은 말끔히 사라지고 감사와 안온함이 가득하다. 다행 타령이다. 곡우초당의 물이 얼지 않아 다행이고, 보일러도 이상 없어 다행이고, 더운물 잘 나오니 다행이고, 장작 난로 잘 타니 다행이다.

강추위가 몰아친 산막. [사진 권대욱]

　온 집안에 온기가 가득하다. 삶이 이렇다. 어제는 그렇게 심란하고 오늘은 이렇게 안온하다. 이것이 반복되고 일관되지 못하니 그것이 또한 심란하고, 이 모든 것 마음 하나 탓이라 생각하니 마음공부의 중함을 알겠다. 희로애락의 감정을 잘 조절해 기쁘다고 너무 날뛰지 말 것이며, 슬프다고 너무 슬퍼도 말일이다. 담담한 마음과 긍정의 마음으로 우리의 심란한 마음을 채우며 하늘 보고 땅을 보며 생명 있는 모든 것을 사랑하자.

내 노래 〈나의 삶 나의 꿈〉도 결국은 이런 마음을 담은 것이리라. 세상에 공개해 나와 심란한 모든 이를 위로하리라. 우리는 매일 살아가는 이유를 만드는지 모르겠다. 그냥 있어도 가슴 뛰는 그런 삶이면 오죽 좋으련만 그냥 살아지는 삶이 아니라 살아가야 하는 삶이기 때문에 땅 위에 한 발을 딛되 또 한 발은 구름 위에 두어야 하는 것.

꿈과 희망 역시 살아가는 이유를 만드는 과정이 아닐지 모르겠다. 이루어진 꿈은 이미 꿈이 아닌 것. 또 새로운 꿈을 꾼다. 그 꿈의 끝 허망할 줄 알지만 그런데도 우리는 꿈을 꾼다.

마눌님이 붙인 별명 '불 박사'

마눌님에게 칭찬받을 일이 별로 없을 나이다. 그런데도 불구하고 늘 끊임없는 경탄과 존경의 념으로 마눌을 매료시키는 두 가지가 있으니 그중 하나는 장작 난롯불 피우기요, 또 하나는 꺼진 불 되살리기이다. 오죽하면 내 별명이 '불 박사'겠나.

불피우기 요령은 착화제 선택과 나무 배열이다. 불붙일 때는 직경 5~7㎝ 정도의 장작을 우물 정井 형태로 잘 쌓고 착화제와의 간격을 최소화한다. 일단 불이 붙으면 굵은 장작과 통나무를 얹고 불꽃을 조절한다. 열은 불에서 나오므로 적절한 불

권대욱의 월든 이야기

꽃 유지가 중요하다. 요령은 불구멍 조절과 장작 굵기 조절이다. 너무 크면 확 타버려 오래 못 가고 너무 작으면 쉬이 꺼져 연료공급이 번거롭다.

따스함을 안겨주는 고마운 장작난로. [사진 권대욱]

그날그날의 기상 상황도 잘 살펴야 한다. 실온 25도 정도를 유지하도록 완급을 잘 조절해야 한다. 잠잘 때는 오래 은근히 탈 수 있도록 아주 큰 통나무를 적절한 시점에 넣어준다. 밑불이 너무 약하면 불이 붙지 않고 너무 세면 온도 조절이 잘 안되니 적절한 밑불일 때 넣어주는 것이 중요하다.

재받이의 재도 적당한 간격으로 비워줘야 한다. 하루아침에 절대 안 된다. 수없는 시행착오 끝에 터득한 신공이다. 오늘은 비 오고 기온도 크게 낮지 않으니, 9시쯤 직경 20㎝, 길이 50㎝짜리 통나무 하나 넣고 불문 꼭 닫으면 될 것이다. 새벽 4시면 일어나니 그때 작은 통나무 몇 개면 최적의 수면 환경이 유지필 것이다. 이 나이에도 누군가를 경탄케 할 수 있음은 그얼마나 다행인가?

난롯불 하나 지피는 것도 간단하지만은 않다. 불쏘시개를 잘써서 처음엔 가는 나뭇가지부터 점차 굵은 놈으로, 그리고 불이 완전히 붙어 난로가 충분히 데워지면 굵은 장작을 넣고 불구멍을 잘 조절해 은근히 오래가게 하는 게 요령이다.

난로도 길이 잘 나야 불길이 잘 흐른다. 다행히 이곳 산막의무쇠 난로는 그간 수도 없는 시행착오 끝에 이제 길이 무척 잘들어 추운 겨울밤을 따뜻이 지켜주고 있다.

땔감으론 참나무가 최고

한겨울 힐링 에너지. [사진 권대욱]

땔감도 잘 선정해야 한다. 너무 잔가지는 쉽게 타버리니 연료공급 해주는 게 번거롭고 소나무, 잣나무 등은 화력은 좋으나 그을음 때문에 연통이 쉽게 막히는 단점이 있다. 뭐니 뭐니 해도 참나무가 가장

권대욱의 월든 이야기

좋다. 연기 많이 안 나고 화력 좋고 오래가고….

일단 화기가 승하면 아주 굵은 참 통나무를 서너 개 넣고 불문을 적절히 조정해 주면 밤새껏 따스운 온기를 즐길 수 있다. 그뿐인가. 활활 타는 불꽃! '타닥 탁' 장작 터지는 소리…. 밖에 눈이라도 내리는 날엔 그야말로 환상이다.

장작 난로는 겨울 산막의 꽃, 열과 빛 그 이상 보는 것만으로도 힐링이다. 불은 묘한 마력이 있다. 잡념과 사념을 없애준다. 파리처럼 날아다니는 사념들을 잡아다가 난로 속에 던진다. 그러나 여기도 공짜는 없다. 나무를 준비하고 운반해야 하며 불을 피우고 재를 버려야 한다.

사람들은 겉모습만 보고 그 속에 담긴 수고나 어려움은 보지 못한다. 현명함이란 보지 못하는 것을 보고 듣지 못하는 것을 듣는 힘일지도 모르겠다. 생각 너머의 생각을 읽고 마음 너머의 마음을 살피는 것일지도 모르겠다. 이 세상에 좋기만 한 일은 없다. 나쁘기만 한 일도 없다. 그러니 이 세상 사람들이 각자 누리는 행복의 총량은 모두 다 같을지도 모르겠다.

침실에 물 새는 산막…
한순간에 심란함 사라진 이유

또 한 해가 간다. 산막엔 하얗게 눈이 왔다. 탈도 많고 허물도 많은 우리네 삶, 그 흔적들을 순백의 순결로 덮어준다. 그러니 서설瑞雪이요, 아름답다 말하겠다. 산막은 언제나 좋은 곳. 세상이 힘겹고 삶이 우리를 속일 때나, 기쁜 일 있어 나누고 싶을 때도 우리는 산막으로 간다.

눈 덮인 산막은 고즈넉하고 장작 난로가 타고 따뜻한 외로움이 있어 좋다. 달빛에 서러움 있고 별빛엔 그리움 있어 더욱 좋다. 궁극의 서러움은 희망일지니, 오늘 밤 나는 이곳에서 밝아올 새해를 뜨겁게 맞으려 한다.

우리는 모두 눈 덮인 산막을 하나씩 가슴에 품고 산다. 산막은 있는 그대로 학교다. 애써 공부하려 하지 않고 애써 가르치려 하지 않아도 스스로가 스승이요, 학생이라 참 많은 것을 가르친다.

권대욱의 월든 이야기

눈이 내렸다. [사진 권대욱]

  한겨울 찬바람 쌩쌩 부는 겨울은 가지치기 좋은 계절이다. 잎새 다 떨군 앙상한 가지들은 군더더기 없는 진실. 나는 집 주변 관리되지 않은 잔가지들을 쳐내고 자르고 옮겨 화덕 옆에 모은다. 무어라 다 쓸모가 있겠거니와 사람이 자기 편의로 그러는 것이니 너무 허물치 말라.

  원두막 높이 앉아 빈 들판을 바라보니 적막강산 찬바람 속에 겨울은 제자리. 찬바람 여린 햇살 속에서도 나는 봄을 본다. 도원桃園을 본다. 겨울은 그래서 좋다. 모두 비워진 후의 기다림.

더 비울 수 없는 극한. 오로지 희망만이 있는 순수. 이곳에 올 때마다 배움이 깊다.

산막에 2주 만에 돌아와 보니

2주 동안이나 못 왔고 그 주도 못 올 일정이라 어느 날 밤 혼자 갔다. 기백이도 보고 싶고 산막도 궁금하고 그래서 한밤에 오긴 왔는데, 산막 앞 눈길에 차가 미끄러져 논두렁 쪽으로 기울어 한 바퀴가 허공 제비를 하니 움직일 수가 없다.

포기하고 집에 들어왔더니 이건 또 무슨 일인가. 방은 냉골이고, 물은 얼었는지 나오지 않고, 아래층 쪽방침실 천장에서 물 뚝뚝 떨어지고, 서생원 한 분 영면해 계시고…. 참으로 심란, 정말 심란했다. 물이 안 나오니 씻을 수가 있나, 밥해 먹을 수가 있나, 화장실도 사용할 수 없다.

침실 천장에서 물이 샌다는 건 2층 어딘가 누수가 있다는 이야긴데, 누수 지점을 확인하는 것도 만만치 않고 설사 확인한다 하더라도 이 엄동설한에 어찌 고친단 말인가. 물이 안 나온다는 건 얼었든지 아니면 모터 쪽 이상이 있든지 둘 중 하나일 텐데. 얼었다면 이곳 특성상 내년 3월 말은 돼야 녹을 테니 그

때까지 물 못 쓰면 어쩐단 말인가. 생각이 생각을 낳고 심란이 심란을 낳다 보니 머리가 복잡하고 잠도 안 올 것 같았다.

그냥 돌아갈까 생각하니 차가 없고, 누수 원인도 밝히지 못하고 그냥 가면 그 불안 어찌할 것인가. 참 심란하지 않을 수 없었다. 에라 어쩔 수 없다. 날 밝을 때까지 기다릴 수밖에 없는 상황이니 기다려 보자. 이렇게 마음먹는 순간 갑자기 마음이 차분해지고 편안해졌다.

피할 수 없으면 즐기라는 말이 실감 났고 마음을 내려놓으니 모든 부정적 마음이 긍정으로 확실히 바뀌었다. 차는 긴급출동 연락하면 될 것이고, 물 끊긴 원인은 내일 아침 찾아서 고치면 될 것이고, 얼어붙어 어쩔 수 없다면 내년 봄까지 기다리면 될 것이다. 2층 물 새는 원인도 찾으면 될 것이고 정석대로 고치면 된다.

난로 지피고 양동이 받혀놓고 낙수 소리 자장가 삼아 정말 잘 잤다. 아주 푹 자 버렸다. 그날도 큰 깨달음을 얻었다. 사람 사는 데 많은 것 필요 없다는 것. 물 한 바가지로 정말 많은 것 할 수 있다는 것. 우린 너무 많은 것에 익숙해 고마움을 모르고 살았다는 것. 처처에 가르침이요, 이 세상 모든 것이 스승이라 어떤 상황에서도 희망을 볼 수 있는 힘, 그것은 긍정이라는 것. 긍정하는 마음이 모든 것을 바꾼다는 것. 모든 것이 마음이라는 것.

산막의 별 헤는 밤. [사진 권대욱]

한겨울 밤 부서지는 달빛을 본 적이 있는가. 바람에 스치는 별을 본 적이 있는가. 산막에는 달빛 선연하고 숨은 별은 바람에 스친다. 흰 서리 내린 듯 하얗게 빛나는 산하. 나는 떨치고 나와 차라리 모든 인위의 불을 끄고 선연한 달빛을 벗 삼는다. 독서당이라 꼭 책을 읽어야 하는 것은 아니다. 어스름 달빛 어린 산하를 바라보며 저 달은 어디서 왔는가, 나는 누구인가. 그 근본을 생각함도 못지않을 것이다. 무슨 대답이 있겠는가.

권대욱의 월든 이야기

그저 성심으로 사는 것 외엔.

나의 꿈은 끝나지 않았다. 그 꿈 끝나는 날, 그날이 내 죽는 날이라 생각하며 오늘도 나는 꿈꾼다. 바이칼에 가고 싶은 꿈, 바다에 살고 싶은 꿈, 방송인이 되고 싶은 꿈, 회사를 키우는 꿈….

이런 꿈들이야 꾸고 이룰 수 있어 좋겠다만 이루지 못할까 두려워 꾸지조차 못하는 꿈이 하나 있으니 세상으로부터 자유롭고, 나로부터 자유롭고, 그 무엇으로부터도 자유로운 대자유의 꿈, 무애의 꿈이 바로 그것이다. 이루지 못한다. 꿈조차 꾸지 못할 바는 아니지만, 그래도 두렵다. 이루지 못할 꿈. 그러니 무슨 답이 있겠는가. 그저 성심으로 사는 것 외에.

산막은 스승이다. 오늘도 많은 것을 말없이 가르친다.

"너무 많이 주지는 마세요"
문막 땅 인수가 올린 이 한마디

눈은 아름답고 개들은 평화롭다. [사진 권대욱]

눈이 온다. 바람도 제법 있다. 독서당 창 너머로 한 송이 두
송이 떨어지다 어느덧 온 허공을 하얀 꽃잎으로 가득 채우며
춤추듯 흩날리는 눈! 방 안은 따뜻하고 개들은 평화롭다. 산막
의 아침은 이렇게 시작된다. 오늘처럼 아름답고 조용한 날이

권대욱의 월든 이야기

면 문득 생각나는 사람이 있다.

S 선생. 미술을 전공하고 중학교 교사로 재직하고 있다. 십수 년 전 기천문의 도반으로 만나 같이 집 짓고 가꾸며 살다가 남편 따라 지방으로 이주했다. 문막 산중 도장의 기둥에 새긴 조각이며 그림들, 분당 도장에서의 새벽 수련, 부안에서의 바지락죽…. 그녀와의 인연은 이렇듯 깊었다.

수년 전 그녀가 지방으로 직장을 옮긴 후 문막의 오두막과 땅을 처분했으면 한다는 소식을 들었다. 당시 도반 중 어떤 분이 인수코자 했으나 성사되지 않았다. 나 역시 인수할 입장이 아니었다. 그렇게 또 몇 해가 흘렀다.

싱겁게 끝난 S 선생과의 문막 땅 인수 협상

그러던 어느 날이던가, 문득 인수해야겠다는 생각이 들었다. 당시 선생 부군의 정치입문 실패도 그런 생각을 하게 된 원인 중 하나이긴 했지만 전부는 아니었다. 현실적으로 그것이 꼭 필요하지도 않았다. 그러나 왠지 그것을 인수해야 한다는 생각이 들었다. 아내의 생각도 같았다. 서로 인수, 인도할 의사가 있으니 값만 맞으면 되는 일.

쉬울 것 같은데 그렇지 않았다. 모르는 사이라면 중개인을 넣든가 흥정을 할 일이지만 명색이 도道 공부를 한다는 사람끼리 세속적인 거래를 할 수는 없었다. 아니 그러기가 싫었다. 투입원가, 청산가격, 교환가격, 대체가격 등 소위 물건값을 매기는 경제학적 이론을 총동원하고 정황 조건까지 고려한 인수가격을 정한 후 전화를 했다. "선생님, 문막 집과 땅 제가 인수하겠습니다. 얼마를 드리면 될까요?" 한참 말이 없던 그녀가 말했다.

S 선생의 "너무 많이 주지는 마세요", 이 한마디에 나는 인수가격을 상당히 올려야 했다. 진정한 고수는 그녀였다. [사진 권대욱]

"권 사장님 알아서 주시지요."
"그럼 제가 드리는 대로 받으십시오."
"네. 그런데 너무 많이 주지는 마세요."

이것이 우리가 거래를 성사시키기 위해 나눈 대화의 전부다. 이후 나는 내가 생각하는 값을 적절한 시차로 지불했고 거래는 끝났다. S

권대욱의 월든 이야기

선생의 "너무 많이 주지는 마세요"라는 이 한마디에 나는 나의 인수가격을 상당히 올려야 했다. 진정한 고수는 그녀였고 나는 하수였다. 무수無手가 상수上手이다.

몇 해 전 집 거래를 하던 중 부동산중개료 이야기가 나와 중개인에게 말했다. "복비는 내가 주는 대로 받으시지요." 중개인은 별 미친놈 다 보았다는 듯 "그런 게 어디 있어요. 정한 대로 주셔야 합니다." 단연코 말하거니와 나는 절대로 그가 말한 가격을 주지 않았다. 산막의 집과 땅을 만일 그녀가 다시 사고 싶다고 말할 때 나도 "선생님, 너무 많이 주지는 마세요"라 이야기할 수 있을까.

어려운 이야기지만 "그렇게 못할 것 같다"가 솔직한 대답이다. 내가 영원히 하수일 수밖에 없는 이유이다. 언제까지 이렇게 욕심 가득 채우려고만 할 뿐 비우지 못하고 살아야 하는가.

내가 글 쓰는 이유

오늘 눈 덮인 산막에 앉아 지난 글들을 살펴보니 山幕산막, 자연, 휴넷, 청단, 조찬 강의, 論語논어, 孟子맹자, 홀아비 밥 먹는 이야기, 幸福행복, 名譽명예, 中庸중용, 君子군자, 鷹足之道염족지

도, 大丈夫대장부, 주인 되는 삶, 걷기, 신변잡사 등 가볍지 않은
주제들을 내 자랑과 섞어 잘 엮었더라.

아름다운 몰입의 과정 '글쓰기'. [사진 권대욱]

비록 글은 쓰는 사람의 현실이 아니라 그 사람이 생각하고
꿈꾸는 이상의 표현이라 하지만 언행일치言行一致, 눌언민행訥言
敏行의 교훈을 생각하면 많이 부끄럽기도 하다.

그런데도 왜 글을 쓰느냐 묻는다면, ① 생각하고 그 생각들
을 정리할 수 있어서, ② 기록하기 위해서, ③ 뒤돌아보고 고
치며 자신의 이상을 표현하고 싶어서, ④ 유명해지고 싶어서

라 할 터이고. 그래도 또 자꾸자꾸 물어 대답 궁해지면 그땐 그냥 "글 쓰는 것이 좋기 때문"이라 대답할 터인데.

그마저 못마땅해 "왜 글 쓰는 것이 좋으냐"고 굳이 따져 묻는다면 이유는 많다. 첫째, 몰입할 수 있고 몰입의 과정 또한 좋고 즐겁다. 둘째, 내 경험과 지식에 바탕 한 사유의 산물이 보석과도 같고 어느 누가 두드리고 부수려 해도 절대 깨어지지 않는 나만의 비밀스러운 창고에 차곡차곡 쌓이게 될 것이다. 셋째, 그 보석들을 언제든 꺼내 볼 수 있고 나눌 수 있고 아무리 꺼내 쓰고 나누어도 절대 줄지 않으니 이 얼마나 좋은가.

만일 이러함에도 굳이 글 쓰는 이유를 또 묻는다면 "그냥 웃고 말지요" 했다는 시인의 대답을 인용할 밖엔 자신이 없다. 이런 연유로 나는 글을 써왔고 또 앞으로도 쓸 것이다. 특히 오늘같이 세모를 앞둔 쓸쓸한 밤에는 孔子공자, 孟子맹자, 幸福행복, 經營경영, 일, 大丈夫대장부 뭐 그런 것들 말고 슬프고 아련하고 눈물 나고 가슴 먹먹해지는 이야기를 꼭 올리고 싶다.

그리하여 나도 독자도 덕지덕지 엉겨 붙은 지난 세월의 한과 슬픔을 지고지순의 슬픔에 녹여 마음 가득 찌든 때를 깨끗이 벗겨내는 엄중한 의식을 치르고 싶다.

허무를 달래는 길, 장작패기

공(空)과 허(虛), 무(無)를 달래고 기운을 보충하는 방법의
하나는 미결 상태의 일을 팍팍 처리해 나가는 거다. 간결하게
과단성 있게 하나하나 망설이지 않고 말이다. 언젠간 해야지
만 차일피일 미루는 일은 모두 마음의 짐이 되어 기운을 고갈
시킨다. 요청받은 원고도 그 한 가지요, 산막 등기와 연하장
쓰기도 마찬가지다.

허무를 달래는 길 '장작패기'. [사진 권대욱]

몸을 많이 움직이는 것
도 좋은 방법이다. 장작
패기, 잔디 깎기, 나무 자
르기 등 성과가 눈에 보이
는 일들이 좋다. 찬바람
맞으며 걷는 것도 좋다.
그도 저도 다 안 되면 어
쩌나. 그땐 허하고 공하고
무한 것들이 제풀에 겨워
나가떨어질 때까지 기다릴
수밖에 별도리가 없을 듯
하다. 인내와 고통이 따를 것이다. 그게 싫다면 무엇이든 해보
라. 세상에 공짜는 없다.

권대욱의 월든 이야기

순서 바뀌어도 편하게 굴러간다…
습관, 너 별거 아니구나

새해를 맞아 우리 부부는 산막에서 '함께 또 따로'의 시간을 보냈다.
목욕을 하고 같이 이야기를 나누었고, 나는 글을 쓰고 곡우는 기도했다. [사진 권대욱]

부부는 완벽한 이심이체지만 서로 다른 가운데 같음을 찾아
야 하는 '함께 또 따로'의 대상이다. 서로 참 많이도 다르지만,
산막은 그 따로 중 '함께'를 실현하는 몇 안 되는 공간이기도
하다.

새해를 맞아 우리는 각각 목욕재계하고 나는 글을 쓰고 곡우

는 기도했다. 각이 맞지 않아 불편했던 소파와 TV 라인을 정렬하며 이렇게 편안한 걸 그동안 왜 못했던가 하고 생각했다. 떡국을 먹고, 낮잠을 잤으며, '메멘토 모리Momento Mori'에 대해 이야기했다.

곡우는 솔로몬과 다비드 왕의 'This will also pass away'를 말했고, 나는 스티브 잡스의 '죽음과 물처럼 왔다 바람처럼 가는 인생I came like water, and like wind I go'을 이야기했다. 낮잠 후 이부자리 잘 갰다고 칭찬을 듣고 포옹을 받았으며 군밤과 요거트와 사과를 얻어먹었다. 기해己亥의 첫날이 그렇게 갔다.

모든 것은 지나간다, 현재에 충실하고 감사하라

'메멘토 모리Momento Mori', '욜로YOLO', '카르페디엠Carpe diem'. 모두 연결된 말들이다. 그렇다. 모든 순간은 지나간다. 기쁜 일이든 슬픈, 일이든, 승리의 환희이든 패배의 좌절이든, 이 모든 것은 지나간다. 지나갈 뿐이다. 그러니 현재에 충실하고 감사하며 성심으로 매 순간을 사는 것, 그 이상 무엇이 있겠는가.

새해를 맞으면 하루 날을 잡아 산막 식구들과 떡국 한 그릇 나누는 일을 몇 해째 하고 있다. 산막은 외로운 곳이다. 사고가 날 수도 있고, 물이 나오지 않을 수도 있고, 차가 계곡 얼음

구덩이에 빠질 경우도 있다. 그때마다 서로 의지가 되고 그럼
으로써 서로 외롭지 않은 곳이다. 십수 년을 주말마다 만났으
니 어느 형제 죽마고우가 그럴 수 있겠는가. 오늘도 곡우는 떡
국을 끓이고 문어를 자르고 갓 꺼낸 김치에 막걸리에 맑은 술
에 정성을 다한다.

갓 삶아낸 문어와 싱싱한 김치를 상에 올려 죽마고우를 대접했다. [사진 권대욱]

相識 滿天下 知心能幾人(상식 만천하 지심능기인)
아는 사람 천하에 가득하나 마음까지 아는 사람은 몇이
나 되겠는가.
酒食兄弟 千個有 急難之朋 一個無(주식형제 천개유
급난지붕 일개무)

술자리 밥자리 친구 1,000명이나 되지만 위급하고
어려울 때 친구는 하나 없고….

　진정한 친구는 정녕 어렵고 위급할 때 그 빛을 발한다는데, 길이 멀어야 말의 힘을 알고 날이 오래라야 사람 마음 알 수 있듯, 친구의 사귐은 깊고 오래여야 할 것이라 믿는다. 담백하기 물과 같고 언제 만나더라도 바로 엊그제 만난 듯 세월의 간격 또한 무상할 것이다. 사랑과 우정, 가족 간 형제간의 우애 역시 그와 다르지 않을 거라 믿는다. 마종기 님의 '우화의 강'을 떠올리며 내가 먼저 좋은 친구가 되는 한 해가 되었으면 한다.

"사람이 사람을 만나 서로 좋아하면
　두 사람 사이에 물길이 튼다
　한쪽이 슬퍼지면 친구도 가슴이 메이고
　기뻐서 출렁이면 그 물살은 밝게 빛나서
　친구의 웃음소리가 강물의 끝에서도 들린다
　…
　큰 강의 시작과 끝은 어차피 알 수 없는 일이지만
　물길을 항상 맑게 고집하는 사람과 친하고 싶다
　내 혼이 잠잘 때 그대가 나를 지켜보아 주고
　그대를 생각할 때면 언제나 싱싱한 강물이 보이는
　시원하고 고운 사람과 친하고 싶다"

너나없이 우리는 습慣과 관慣에 의존해 이 세상을 살고 있는지 모르겠다. 습慣이라고 다 좋은 것도 아닐 것이고 관慣이라 해 다 나쁜 것도 아닐 터요, 개중에는 굳혀야 할 습慣도 있고 깨뜨려야 할 관慣도 있겠으나 결코 얽매여 노예가 되어서는 아니 되지 싶다.

굳혀야 할 습(慣)도 있고 깨야할 관(慣)도 있지만, 결코 얽매여 노예가 되어서는 안 된다.
[사진 이정환 감독]

여느 휴일이라면 산막에서 된장찌개에 밥, 김치, 생선구이, 김, 계란프라이, 국으로 이루어진 집밥 먹을 시간. 우리는 집 앞 설렁탕 집에 앉아 아침을 먹었다. 다양한 메뉴 중 나는 양곰탕, 곡우는 설렁탕을 시켜 잘 먹었다. 심지어 남은 걸 대백이 준다고 비닐봉지에 싸 담기까지 해도 결코 아무 일도 일어나지 않았다.

이제 각자 씻으러 갈 차례. 곡우를 먼저 내리게 하고 내가 곡우를 나중에 픽업할지, 내가 먼저 내리고 곡우가 나를 픽업하게 할지에 대해 습劫을 따르되 약간의 변형을 가했다. 먼저 내가 씻고 나 씻는 동안 곡우가 기다리고, 함께 곡우의 목욕탕에 가 곡우가 씻는 동안 내가 기다리고 했어도 결코 아무 일도 일어나지 않는 걸 보면, 습劫이니 관慣이니 하는 놈들도 별거 아니지 싶어지기도 한다.

'집 앞 식당에서 휴일 아침을 먹어도 나쁘지 않고, 씻는 동안 서로 기다려 주는 맛도 나름 괜찮구나' 생각하고, 쉬는 날 편한 옷은 기본이고, 맨발에 스니커즈 신는 맛 또한 상쾌하고 통쾌하다 느끼는 나는 습劫을 깨고 관慣을 되돌릴 소양이 충분하구나 싶다.

두고 보라. 쓰·말·노에 춤까지 곁들여 무대에서 강연하다 말고 팝핀 댄스나 문워크를 선보이는 날이 오게 될 수도 있겠다 싶단 말이다. 깨뜨려야 할 것이 어디 문워크뿐이랴. 내 속에 덕지덕지 앉아 '내가 주인입네' 하는 낡고 고루한 생각은 어떠하며, 틀림없이 '그건 그럴 거야' 하는 선입견은 어떠하며, 내가 쳐놓은 틀에 남을 끼워 맞추는 상은 또 어떠한가. 매일 털어내고 씻고 닦아도 모자랄 나의 업 아닌가 싶다.

권대욱의 월든 이야기

'산은 산, 물은 물'
내가 이 말 하면 사람들이 비웃을까

산막에서 일하고 쓰고 말하고 노래하는 일상은 삶에 필요한 자양분을 충족시켜준다.

[사진 권대욱]

산막에 자연이나 만남이나 놀이만 있는 것은 아니다. 사색이 있고 배움이 있으며 깨달음이 있다. 나의 모든 것. 일과 쓰고 말하고 노래하는 삶은 '북 스마트'가 아닌 '스트리트 스마트'를 지향하며 그에 필요한 자양분을 모두 이곳에서 얻고 재충전한다.

사람들이 묻는다. 아니, 말은 안 해도 묻고 싶을 거다. 나마저도 때로는 물어보고 싶은데 왜 아니겠나. 왜 책을 쓰고 강연을 하고 TV에 나가느냐고, 왜 그렇게 애쓰느냐고, 비운다 하면서 하루아침에 스러질 허명이 그리 좋으냐고, 일은 언제 하느냐고, 가만있으면 중간이나 갈 텐데 왜 그리 나대느냐고. 나도 궁금한데 다른 분들은 오죽하겠나. 그래서 내가 묻고 내가 답한다. 유명해지고 싶냐고? 그렇다. 나는 유명해지고 싶다.

사람들이 알아봐 주고, 같이 사진 찍자고 하고, 사인해 달라 하면 기분이 좋다. 호랑이는 죽어 가죽을 남기고 사람은 이름을 남긴다는데, 유명해서 나쁠 건 없지 않은가. 그래서 유명해지기 위해 글을 쓰고 말하고 노래한다.

그러나 그냥 그뿐이라면 그건 그냥 그뿐일 뿐, 아쉽고 허무하다. 'Over and Beyond.' 그 너머over와 그 뒤beyond도 있어야 하지 않겠나. 그렇다. 한마디로 그 모든 이유를 정리하자면, 나는 울림 있는 이름 있는 사람이 되어 울림으로 널리 알리고 나누고 싶다.

울림통을 키우려면

울림. 어떻게 해야 할까. 어떻게 하면 울림이 있을까. 복잡할 것 없다. 간단하다. 어떤 사람의 말에 울림이 있으려면 그 자신의 울림통을 키울 일이다. 그 울림통은 그 사람의 정신과 행동과 일생이다. '산은 산이요, 물은 물이다'는 성철스님의 말씀이나 '사랑합니다, 감사합니다'라는 김수환 추기경님의 말씀은 지극히 당연하고 간결하지만 큰 울림이 있다. 법정 스님의 무소유나 소로의 사상 또한 울림이 깊다.

그러나 나 같은 사람이 그런 말을 한다면 과연 그런 울림이 있을까. 울림은커녕 비웃음뿐일 것이다. 그분들의 말씀과 행동이 그런 울림이 있는 이유는 그분들의 일생이 담겨있기 때문일 것이다. 평생을 장좌불와長坐不臥로 수행하고 삼천배를 하지 않으면 친견親見을 허용하지 않은 엄중한 삶이었기에 '산은 산이요, 물은 물인 것'이고, 평생을 경계 없는 하나님의 사랑을 몸으로 실천하고 무소유를 실천하신 분이기에 '고맙습니다, 사랑합니다, 비워라'인 것이다.

나는 울림통을 키우기 위해 새벽 걷기, 깊은 성찰, 글 쓰기, 회사 경영, 합창단과 유엔 방문 등을 하고 있다. [사진 권대욱]

그렇다. 감히 비교되겠느냐마는, 내가 새벽 걷기를 하고 생각을 깊이 하며, 매일 글을 쓰고 실패에 맞서 회사를 경영하고, 합창단을 이끌고 유엔을 다녀오고, 세계로 가자 하고, 책을 쓰는 이유는 바로 나의 울림통을 키우기 위함이다. 미디어와 인터뷰하고 강연을 하는 이유는 그 울림을 효율적으로 확장하기 위함이다. 울림통을 키워 무얼 하겠냐고. 그것은 내가 이 세상에 나온 목적, 소명과도 관계있다.

대충 70~80년 살다 돌아오라 던져졌을 것 같지는 않다. 무언가 내가 이 세상에 보내진 분명한 목적이 있을 거란 생각이다. 나는 그것이 실천하는 삶과 울림 있는 강연과 쓰고 노래하는 활동을 통해 이 사회에 미력하지만 자그마한 선한 영향력을 미치는 것이라 믿는다. 이것이 내가 가장 잘할 수 있고 또 하고 싶은 일 중의 하나라 믿는다.

무엇을 말하려는 것이냐고? 삶과 꿈, 행복 경영, 나를 잡아주는 마음 기둥, 내가 있으므로 이 세상을 조금이나마 더 나은 세상으로 바꾸는 일, 내가 살아오며 해보니 정말 좋았던 것, 아쉬웠던 것, 이런 모든 것을 아낌없이 나누고 싶은 것이다. 평생 경영자이다 보니, 나누되 이왕이면 보다 효율적으로 나누고 싶은 것이다.

권대욱의 월든 이야기

유한한 자원과 시간 속에서 미디어만큼 효율적인 수단이 있을까. 내가 페이스북을 하고 미디어에 주목하는 이유다. 사람들에게 선한 영향을 미치는 것, 그리하여 이 세상이 지금보다 조금이라도 나아지게 만드는 것. 그것이 내가 존재하는 이유요, 소명이라 믿기에 부끄러움도 주저함도 없다. 나는 이렇게 하고

삶은 유한하다. 어떤 삶을 살 것인가? 나는 세상에 선한 영향을 미치는 삶을 살기로 했다. 그리고 진정으로 내가 원하는 삶을 찾기로 했다. [사진 권대욱]

있다가 아니라 나도 함께 그렇게 할 것이기에 용기를 낼 수 있다.

평생을 판에 박힌 그렇고 그런 삶을 살아오지 않았나 싶다. 반듯하고 모범적이며 예측 가능하고 사회적 규범과 윤리, 타인의 시선을 끝없이 의식하는 삶. 원하지는 않았지만 어쩔 수 없이 살아와야 했던 그런 세월이 있었다. 아주 오래였다. 언제부턴가 과연 이것이 내가 진정 원하던 삶인가 회의하고 의심하기 시작했고, 그리하여 이건 아니다 깨달았고 벗어나려 애써왔다.

그 결과가 쓰·말·노요, 디스커버리며 프로 에이징이며 청춘합창단과 재즈 페스티벌이었다 믿는다. 마이송 마이웨이 프로젝트와 영화와 유엔과 보·세·나와 산막스쿨과 무경계적 삶이 다 그런 모습 아니겠나 싶다. 이 모든 애씀을 관통하는 하나의 정신은 한마디로 자유요, 나만의 삶이었고, 추구하는 궁극은 공헌하고 기여하는 가치 있는 삶 아니겠나 싶다. 잘하고 있는지는 모르겠지만, 이 믿음은 절대 변하지 않을 것이다.

이제 이순耳順을 넘어 종심소욕불유구七十而從心所欲不踰矩로 향하는 이 나이에도 진정 나로서 살지 못한다면 나는 과연 나는 무엇이란 말인가. 나로서만 살면 그건 또 무엇인가 말이다. 더불어 내가 되고 함께하는 삶이 아름답지 않겠는가. 그러니 선·호·역이 잊힐 리 있겠으며 행복경영과 통일이 어찌 화두가 되지 않겠는가. 자유와 공헌. 이 둘이 양립될 수 없는 가치라 믿는 것은 통념일 뿐이다. 나는 통념을 깨고 싶다. 오늘도 생각이 깊어진다.

권대욱의 월튼 이야기

'내 속엔 내가 너무도 많아' 산막 생활이 던진 화두

하얗게 눈이 왔다. 서설瑞雪이요, 아름답다 말하겠다. 탈도 많고 허물도 많은 우리네 삶. 그 흔적을 순백의 순결로 덮어주는구나. 산막은 언제나 좋다. 세상이 힘겹고 삶이 우리를 속일 때도, 기쁜 일 있고 나누고 싶은 일 있을 때도 산막으로 간다. 눈 덮인 산막은 고즈넉하고, 장작 난로가 타고, 따뜻한 외로움이 있어 좋다. 달빛에 서러움 있고, 별빛엔 그리움 있어 더욱 좋다.

궁극의 서러움은 희망일지니, 오늘 밤 나는 산막에서 밝아올 새해를 뜨겁게 맞으려 한다. 우리는 모두 저마다 눈 덮인 산막을 하나씩 가슴에 품고 산다. 부디 회개하고 용서하고 사랑하는 한 해가 되길 바란다. 이 눈 그대로 남아 새해의 건강과 행운을 함께 기원하면 좋겠다.

한 해 동안 수고하고 애쓰신 당신께 산막의 설경 보내드린다. [사진 권대욱]

  매년 첫날이면 이런저런 소회와 희망을 말했으나 제대로 시
현된 적은 없었다. 올해엔 단 하나의 소망만을 말하기로 한다.
이 나라의 모든 것이 너무 궁하다. 경제도 정치도 사회도 사람
들의 마음도 너무 궁하다. 그 궁함이 극에 달했으니 이제 좀
변했으면 좋겠다. 너도 변하고 나도 변했으면 좋겠다. '궁하면
변하고, 변하면 통하고, 통하면 오래 간다'는 궁즉변窮卽變 변즉
통變卽通 통즉구通卽久의 경구가 꼭 시현되기를 바랄 뿐이다.

  2003년 겨울, 하염없이 흩날리는 진눈깨비와 함께 라디오에
서는 '가시나무' 노래가 흘러나왔다. "내 속엔 내가 너무도 많

권대욱의 월든 이야기

아 당신의 쉴 자리를 뺏고, 내 속엔 내가 어쩔 수 없는 슬픔 무
성한 가시나무 숲 같네….”

　흐르는 눈물을 주체할 수 없어 갓길에 차를 세우고 통곡했다.
이 세상이 싫고 나 자신이 너무도 부끄러워 보따리 짊어지고
산으로 들어가는 길이었다. 35세에 건설회사 사장 자리에 올
라 승승장구하던 나는 1997년 금융위기가 터지기 직전 회사
가 법정관리에 들어가면서 강제로 옷을 벗었다. 당혹스럽긴
했지만, 그때만 해도 어떻게든 일이 잘 풀리겠지 하는 자신감
이 남아 있었다. 친척 회사에 잠시 몸을 담았다가 없는 돈에
지인들의 투자금을 보태 건설정보 데이터베이스를 구축하는
온라인회사를 창립했다. 벤처 붐과 인터넷 바람을 타고 일이
술술 풀릴 줄 알았다. 내 이름 석 자 앞에는 항상 잘나가는 타
이틀이 붙어있어야 한다는 초조함이 나를 서두르게 했다.
　그러나 세상은 그렇게 만만치 않았다. 퇴직금과 내가 갖고
있던 돈을 다 부었으나 회사는 계속 돈만 까먹었다. 자신감은
바닥으로 떨어졌고, 나는 숨고만 싶었다. 모든 것을 뒤로하고
서울을 뜨기로 했다. 아무도 나를 아는 사람이 없는 곳으로 가
고 싶었다. 포장도 안 된 흙길을 한참 들어가야 하는 그곳은
적막하기 그지없었다. 밤이 되면 내 거처의 불빛만이 외롭게
주변을 밝혔고, 빽빽한 숲은 울타리를 치듯 외부로부터 나를
가렸으니 내 상처를 끌어안고 숨기에는 안성맞춤이었다. 세상

앞에 무릎을 꿇은 패배자의 심정으로 쫓겨간 산속에는 그러나 생각지 못했던 삶이 나를 기다리고 있었다.

정말 할 일이 많았다. 집안일, 비나 눈이라도 오면 흙길 정리까지. 이 모든 일을 혼자서 해결해야 했다. 이전의 나로서는 상상도 못 할 일이었지만, 집안 곳곳 쓸고 닦으며 서서히 희열을 느끼기 시작했다. 건설회사 사장으로서 수행했던 수많은 프로젝트에서도 느낄 수 없던 희열이요 성취였다. 2년여의 산 생활을 마치고 나는 또다시 소위 잘나가는 자리에 앉게 되었다. 그러나 강원도 산골에서 키웠던 화두는 바쁜 일상 속에서도 늘 가슴 한가운데 멍울처럼 남아있다.

회사에서의 나, 산막에서의 나, 포럼에서의 나. 때와 장소에 따라서도 다른 모습의 내가 있다.

'내 속엔 내가 너무도 많아'

고요히 살펴본다. 과연 내 속엔 얼마나 많은 내가 존재하는

권대욱의 월든 이야기

가? 동물처럼 먹고 자는 나. 위선 하는 나. 남이야 어찌 되든 나만 좋으면 된다는 이기적인 나. 남과 나를 끊임 없이 비교하며 남보다 항상 잘나고, 더 많이 갖고, 더 오래 살아야 한다고 욕심부리는 나. 그런가 하면 내 안에는 세속의 욕망을 누르며 양심의 소리에 귀를 기울이고, 자신을 낮추고 참 나를 찾아 정진하고 싶어하는 나도 있다.

이런 양면의 나만 이 세상에 존재하고 그 경계가 명확해 삼 척동자라도 구분을 분명히 할 수 있다면 문제는 그리 복잡하지 않을 터. 문제는 이런 내면의 나갈 때와 상황에 따라 서로 결합하고 반목하며 이합과 집산을 거듭하고 스스로 개발 진화해 그야말로 천태와 만상으로 나타나 종국에는 나도 어쩔 수 없는 내가 된다는 데 있다.

내가 못난 짓을 할 때마다 친구가 내게 하던 말이 있다. "야! 이거 대욱大旭이 아이다. 이건 소욱小旭이다. 소욱이 짓이다." 대욱이가 참 나라면 못난 짓, 부끄러운 짓, 못된 짓을 하는 나는 모두 소욱이다. 작은 욱아旭我들이 철모르고 날뛰면 큰 욱이가 나서서 눈을 부라리고 큰 소리로 모두를 숨죽이게 하는 그런 나이고 싶다. 대욱이도 소욱이도 모두 나의 모습일 것이다. 그 모두를 관조하는 또 다른 나도 있을 것이다. 내 안에 얼마나 많은 내가 있건 간에 나는 하나의 길을 가고 싶다.

인생길 닮은 산막 가는 길…
오름보다 내림이 더 힘들어

베르디를 들으며 군고구마와 차를 마시며 리처드 브랜슨의 『버진다움을 찾아서Finding My Virginity』를 읽는다. 장작 난로가 타고, 방 안엔 차 향이 가득하고, 먼 하늘가엔 파란 하늘이 보이고, 곡우는 시금치를 다듬고, 누리는 엎드려 나를 지킨다. 무얼 더 바라겠나? 지금 이 자리가 꽃자리니라.

겨울은 수난의 계절이다. 배관이 얼어 터지고, 보일러가 잘 돌지 않으며, 수도전이 새고, 변기가 얼어 터지는 등 많은 문제가 있지만 당장 손 보기도 쉽지 않다. 그러니 늘 찌꺼기처럼 마음에 남고 고이는 것이지만 이젠 이마저도 이력이 나서 절대 서두르지 않는다. 늘 상주하지 않는 자유로움에 대한 합당한 거래 정도로 생각하고 감내하며 마음에 두지 않으려 애쓴다.

그러나 예외도 있긴 하다. 어제 한밤중에 물소리 들려 나가 보니 곡우초당 옆집 보일러 인입수가 동파돼 물줄기가 하늘로

솟고 난리가 난 상황이 벌어졌다. 밸브도 못 찾겠고, 물은 차단해야겠고, 이리저리 왔다 갔다 하다 도리 없이 밭 가운데 있는 펌프실을 열고 수중펌프 전원을 꺼야 했다. 오래 방치하면 펌프마저 얼 위험이 있으니 마음에 크게 걸릴 법도 하건만, 그런데도 깊은 잠을 잘 잤으니 이제 마음 근육과 내성이 꽤 단련된 듯도 싶다.

산막 생활 20년, 그간 수많은 난관과 대응이 있었다.
사람은 이런 과정을 통해 성숙해지고 지혜로워진다. [사진 권대욱]

이런 내성이 하루아침에는 절대 얻어지지 않는다. 산막 생활 20년, 그간 겪었던 수많은 난관과 대응이 있었기에 가능한 일 아닌가 싶다. 사람은 이런 과정을 통해 성숙해지고 지혜로워진다. 보이는 현상 너머를 보고, 들리지 않는 소리를 들을 줄 알게 되고, 지혜를 터득해 간다. 그러니 나이 듦이란 얼마나 경이로운 일인가? 나이 든다는 것이 늙어감이 아니라 익어가는 것이란 말을 실감하는 요즘. 나는 결코 예단하거나 서둘지 않는다. 산막도 같고 회사도 같고 나라도 같다. 사람 또한 다르지 않다.

중국의 정치가요 시인인 궁원은 군자는 일생 줄기차게 해야 할 근심을 가지고 있어야 하지, 매일매일 일어나는 작은 일들에 대한 염려를 가지고 있어서는 안 된다고 했다. 그런데도 매일 크고 작은 걱정거리가 그치지 않는 것이 우리네 삶이다. 어제만 해도 그렇다. 2층 수도가 동파되어 사람을 불러 고치려했으나 원인 파악도 힘들고 한겨울 공사도 만만찮아 단수 조치만 하고 말았다. 근심거리를 남긴 셈이다. 창고 열쇠를 넣어두던 곳이 얼어 잘 열리지 않아 다른 곳에 치우느라 치웠는데 어디에다 두었는지 기억이 가물가물하다.

또 걱정거리가 하나 만들어진 셈이다. 늘 사람이 돌보지 못하다 보니 기백이가 자주 집을 나간다. 남의 집 개 되거나 사고 칠까 두려워 묶어 두자니 내 없을 동안 사람 오면 어쩔까, 물 못 먹으면 어쩔까 또 걱정이다. 따지고 보면 산다는 것 자체가 걱정거릴 만들어 가는 과정일지 모른다. 먹고 살기 위해,

보다 나은 미래를 위해, 자아의 실현을 위해 걱정거릴 만들고 풀고 또 만들고 풀어가는 과정 아닌가 싶다.

근심 걱정 없는 사람은 없다. 천석꾼은 천 가지 근심, 만석꾼은 만 가지 근심이 있다. 저 사람은 도대체 무슨 걱정이 있을까 싶은 사람에게도 걱정거리는 있게 마련이다. 건강일 수도 있고, 자식 문제 때문일 수도 있고, 구글 같은 회사를 만들고 싶은데 마음대로 안 되기 때문일 수도 있다. 그게 무슨 걱정거리냐 할지 모르지만, 당사자에겐 큰 걱정거리라는 것에 우리는 위안받아야 한다.

모두에게 걱정거리는 있다. 다만 그 걱정거리에 대하는 자세가 다를 뿐이다. 수도 문제는 어차피 3~4월은 되어야 고칠 것이니 그때까지 잊으면 되고, 열쇠 못 찾으면 열쇠 집 불러 마침 열쇠 없는 곳 몇 군데까지 한꺼번에 해결하면 되고, 기백이 정 걱정되면 풀어놓으면 되고. 잘 되겠지. 이 또한 지나가리의 마음으로 임하다 보면 언젠간 어떤 방법으로든 문제는 해결되어 있기 마련이다. 그런데도 기백이 사고 치면 안 되지 걱정인 걸 보면 나에게 종신지우終身之憂는 그저 꿈인가 보다. 매일매일 일어나는 작은 일들에 대한 염려를 그냥 삶이라 생각하며 살아야겠다.

눈 쌓인 산막 길은 인생길을 닮았다. 언제나 조심스럽다. 4륜 지프임에도 쉽지 않다. 계속 오르막이다 보니 중간중간 쉬지 말고 일정 속도와 힘을 유지해야 한다. 내리막길은 더 위험하다. 브레이크 대신 엔진 브레이크를 사용하고 커브길 특히 조심해야 한다.

세 군데 있는 계곡 횡단지점river crossing은 얼음이 두껍게 얼고 턱이 져서 조심해야 한다. 많이도 빠지고 처박고 레커차 신세도 많이 졌으니 경험만큼 훌륭한 스승은 없다. 오를 때보다 내려올 때가 더 어렵다.

눈 쌓인 산막 길은 인생길을 닮았다.
[사진 권대욱]

권대욱의 월든 이야기

풀포기 하나에도…
산막의 무경계적 가르침

사람이 제대로 세상을 살고 제대로 나이 먹는다는 것은 어떤 의미일까? 여러 척도가 있겠으나 내 보기에 그것은 온고지신 溫故而知新을 통한 법고창신法古創新의 지혜다. 아니라면 살아온 세월이 무슨 의미겠으며, 살아갈 날은 또 무슨 대수겠는가? 나라가 혼란스럽고 모두가 우왕좌왕할 때, 제대로 나이 든 사람은 제대로 걸어야 한다. 우리의 걸음걸이 하나가 마침내 후세의 길이 되리니.

코로나로 일상이 많이 꼬였다. 모임은 취소되고, 사람들은 저상되고 우울해진다. 주말 눈 소식이 그나마 기쁨을 준다. 일상으로 돌아가자.

며칠간의 출장 여독인가 오전 내내 잠만 잤다. 물 좋고 공기 좋고 햇살 좋은 이곳. 산막에선 움직이는 게 예의라, 3월 1일을 장 담그는 날로 잡고 준비한다. 그간은 어머니 덕으로 걱

내일 세상이 무너져도 나는 오늘의 설경을 즐기리라. [사진 권대욱]

정 안 하고 살았으나 이젠 스스로 해결해야 한다. 항아리를 깨
끗이 씻고 천일염 소금물을 만든다. 오래전부터 간수 빼고 보
관해 두었으니 소금은 됐고, 물 또한 걱정 없다. 염도가 중요
하므로 계란을 띄워본다. 500원 동전만큼 떠오르면 제대로 된
거다. 눈은 펑펑 내리고 난롯불 좋은 산막. 내일모레 장을 담
근다.

눈 내리고 바람 부는 밤을 보았다. 불을 밝히고 침대에 누워 펄펄 흩날리는 눈을 보며 참 잘 왔구나 싶어 좋았다. 잘 잤다. 새벽 눈길을 걸으며 눈을 듣고 겨울 숲을 읊었다. 하얀 눈 곱게 쌓인 산길을 걸으며 세상 이 노래에 가장 어울리는 길이구나, 침잠할 일이구나 느꼈다. 마른 골짜기 그 깊은 속을 흘러가는 물길처럼, 발자국에 밟히며 깊어지는 낙엽처럼, 세상의 푸른 욕망 모두 거두어 버리고, 혈혈단신孑孑單身 외진 길을 걸어봐야겠다 생각했다. 걸으며 깊이 그 어딘가 숨어있는 본디 내 근원이던 순백의 영혼을 찾아 헤매어 봐야겠다 다짐했다.

살다 보면 이런 날이 있다. 큰 한파가 온다 하고, 눈이 온다 하고, 정리할 일도 좀 있고, 그래서 밤을 도와 왔다. 곡우마저 없는 완벽한 고독과 준엄한 자유. 배고프면 먹고 자고 싶으면 자고 듣고 싶으면 듣고 보고 싶으면 보는 오늘, 이런 날이 그리 흔하겠나? 3년을 홀로 보냈던 곳, 혼자서도 잘할 수 있을 것 같아 안도한다. 돌아올 곳이 있다는 것, 그것이 사람을 참 편안하게 한다.

'쓰 · 말 · 노'의 삶을 산 지도 꽤 오래되었다. 쓰고, 말하고, 노래하는 그 앞과 뒤와 그 위와 아래, 그리고 그 사이사이에 나의 일은 너무도 엄중히 자리 잡고 있다 믿고 행하니 무경계적 삶 또한 충일하지 않다 말 못 하겠다. 그럼에도 가슴 한구

많은 글을 썼고 이곳저곳 강연도 꽤 다녔으며, 노래도 많이 불렀고 또 부를 것이니
제법 충실한 듯하다.

석이 이다지 시리고 허전함은 웬일인가? 무언가 얽매인 듯하
고 자재롭지 못하다 느껴지는 건 왜일까?

  따져 물어가니 단 하나의 원인이 있었다. 무경계라 믿었지만
경계가 있었고, 자재라 믿었지만 자재롭지 못했다. 나를 자유
롭지 못하게 하는 것이 조직과 시스템, 그리고 사람이라 여겨
그것만 초월하면 자유자재의 높푸른 이상이 끝없이 펼쳐질 줄
알았다. 하지만 알고 보니 그 원인은 다름 아닌 나 자신에게
있더라. 어쭙잖은 허명, 몇 푼의 돈과 명예, 이런 것이 나를 묶

권대욱의 월든 이야기

고 있더라. 끊어야지 끊어야지 하면서도 아직도 못 끊는… 아, 인부지이불온人不知而不溫과 종심소욕불유구七十而從心所欲不踰矩의 경지는 아직도 멀었는가? 새벽길 붉은 여명이 참 곱기도 하구나.

　'춘래불사춘春來不似春, 봄이 왔으나 봄같지 않더라'은 '오랑캐 땅에는 화초도 없으니 봄이 와도 봄 같지 않더라'는 말에서 비롯됐다. 모두 경국지색을 일컫는 고사에서 연유한다. 눈이 많이 오니 걱정도 되지만, 생각하면 고마운 눈이다. 그냥 왔다 가는 강우와 달리 이 눈은 곱게 쌓여 오는 봄 햇살에 조금씩 조금씩 물을 머금고 뿜어 대지를 적시고 계곡을 흐른다. 봄 내내 잠든 대지를 깨우고 생명을 틔울 것이다. 나는 눈 쌓인 계곡길, 오는 봄을 맞으며 노래를 부르리라.
　'조그만 산길에 흰 눈이 곱게 쌓이면 내 작은 발자국을 영원

글 한 줄 읽고 먼 산 바라보고 눈 감고 한식경을 생각하노니, 산 기운 날 저물며 더욱 아름답고 새들은 집 찾아 돌아오는데 그 감흥 말하려 하나 이미 할 말을 잊었도다. [사진 권대욱]

히 남기고 싶소. 내 작은 마음이 하얗게 물들 때까지 새하얀 산
길을 헤매고 싶소. 저 멀리 숲 사이로 내 마음 달려가나 아 겨
울새 보이지 않고 흰 여운만 남아있다오. 눈 감고 들어보리라
끝없는 님의 노래여, 나 어느새 흰 눈 되어 산길 걸어간다오.'

산막은 많은 것을 가르친다. 장작 난로 하나에도, 풀포기 하
나, 나무그루 하나에도 가르침은 있다.

권대욱의 월든 이야기

'기쁨 수고 비례 법칙' 통하는
장작 난로

　좋은 관계, 나쁜 관계, 무덤덤한 관계, 존경하는 관계, 사랑하는 관계 등 사람과 사람 간 관계의 종류는 사람의 숫자만큼이나 다기하고 복잡하다. 살아 움직이는 생물 간의 관계이다 보니 그 관계 또한 일관되지 못하고 늘 변화한다. 좋을 때도 있고 나쁠 때도 있고 좋다가 나빠질 때도 있고 나쁘다가 좋아지기도 한다. 최선의 상황은 좋은 관계를 잘 만들고 유지하는 것이겠고 최악의 상황은 좋은 관계가 나빠지는 것이겠다. 그 중간쯤에 좋았던 관계가 나빠지고 나빴던 관계가 다시 좋아지는 복원의 관계일 것이나 이 또한 희귀한 일이고 설사 복원되더라도 예전과 같지 못함을 우리는 잘 안다.

　좋을 때는 무슨 문제가 있겠는가? 나빠질 때가 문제다. 왜 관계가 나빠지는가? 질투, 시기, 악의 등 여러 이유가 있겠지만 그 본질은 불신이다. 믿지 못하고 믿지 않으려 하는 마음이 있는 것이다. 이 마음이 시기도 만들고 악의도 만들고 질투도 만드는 것일 테다.

이 세상에 늘 좋은 관계란 없다. 경제적 관계이든 사회적 관계이든 가족관계이든 남녀관계이든 늘 애증이 함께 존재한다. 어떤 계기로 그 사이가 나빠지기도 하고 좋아지기도 한다. 그 다양하고 복잡한 인간관계에 정석은 없다. 선의, 호연지기, 역사의식이 도움될 수도 있겠으나 이 또한 상대적이라 느낀다. 그보다는 마음가짐과 태도가 중요하지 않겠나 싶다. 위기는 언제든 찾아온다. 그 위기를 회피하려 애쓰기보다는 위기를 기회로 바꾸는 지혜가 필요할 것이다. 그 지혜의 원천은 언제나 어디서나 바로 긍정의 마음이다. 어떤 이에게서 그 극대치를 보곤 한다. 그 사람은 복 받을 것이라는 생각이 불쑥 드는 것은 왜일까?

자신에게 주어진 현실을 부정적으로 바라보는 사람이 있다.

[권대욱TV] https://youtu.be/o9zFh3WE63c?si=KiO0u30cvql-ynNR

권대욱의 월든 이야기

그들은 똑같은 반 잔의 물을 보고도 '반밖에 없다'고 말한다. 따라서 물을 마셔도 여전히 갈증을 느낀다. 하지만 긍정적인 사람은 '반이나 있다'며 같은 양의 물을 마시고도 시원함을 느낀다. 생각의 차이가 전혀 다른 결과를 가져오는 것이다.

사람이라고 다 같은 사람이 아니듯 불이라고 다 같은 불이 아니다. 온기라 하여 다 같은 온기도 아니다. 세월을 좀 겪어 본 사람은 이걸 안다. 추운 겨울을 덥히는 방법은 여럿 있다는 것을. 보일러를 때기도 하고, 온풍기를 틀기도 하고, 전열기구를 사용하기도 한다. 그러나 그 무엇도 장작 난로에 비할 바는 아니다. 따뜻함에도 품격이 있다는 말이다. 보일러의 온기가 은은하기는 하지만 기다림이 길고 온풍기의 바람이 신속하기는 하지만 메마르고 건조하다. 전열기의 그것은 즉각적이기는 하지만 따갑고 쌀쌀하다.

그에 비해 장작 난로는 어떠한가? 은은하며 촉촉하고, 부드럽고 자애롭다. 오래 참고 오래가고 사념을 없애준다. 겨울의 꽃이요, 열과 빛 그 이상의 무엇이다. 그러나 장작 난로의 온기를 느끼기까지의 과정은 참 불편하고 번거롭고 수고스럽다. 나무를 준비하고 운반해야 하며, 불을 피우고 재를 버려야 한다. 불문을 조절하고, 나무를 계속 넣어줘야 한다. 참 쉽지 않은 과정이다.

문득 생각해 본다. 이 세상 모든 좋은 것들은 다 수고스러운 것이라고. 수고가 있기에 그 기쁨은 배가 되는 것이라고. 그래서 법칙 하나를 또 만들어 본다. '행복 총량 불변의 법칙'에 이은 나만의 법칙이다. '기쁨 수고 비례 법칙'! 모든 기쁨은 수고의 제곱에 비례한다. 얼마나 멋진 말인가? 수고 없이 행복해질 수 없다는 것. 수고가 크면 클수록 기쁨은 기하급수적으로 커진다는 것. 싸구려 가마솥 하나에, 잊혔던 블루투스 스피커와 마이크 하나에 행복해질 수 있다는 것. 이런 소소한 것들에 기뻐지는 세상. 그러니 세상은 얼마나 공평한가?

따뜻한 온기가 그리워지는 계절이다. [사진 권대욱]

유쾌한 아주머니 일꾼들과 함께 산막 단장을 한다. 오일스테인, 페인팅, 나무라고 생긴 것은 모조리 그 대상이다. 겨울 채비 또한 빠질 수 없다. 오늘도 정 박사가 수고한다. 보온재 감고 테이프 감기, 부동액 보충, 보일러 헌 이불 덮기, 열선 전원 체크 등등. 그동안 나는 뭘 하냐고 묻는다면, 다른 사람이 절대 못 하는 몇 가지를 한다 말하겠다. 2층 보충 탱크 부동액 주입하기나처럼 키 작고 날씬하지 않으면 절대 못 한다, 아름다운 노동의 하루 기록하기이것 역시 아무나 못 한다. 엄청 부지런해야 한다, 적절한 음악 틀기분위기와 작업 강도, 시간대별로 적절히 조정한다. 매우 숙련된 기술과 인간 심리에 대한 깊은 통찰, 때로는 엄청난 인내가 필요하다. 그리고 마지막 가장 중요한 것, 바로 이분들의 수고에 대한 적절한 보상이거야말로 나 아니면 절대 못 하는 일이다.

항상 바라건대 나의 보상이 그분들의 기대만큼이면 좋겠다. 그리고 내가 잘 못하지만 하고 싶은 것! 바로 조르바처럼 일하기다. "인부를 지휘하는 일은 조르바 같은 사람만이 할 수 있는 것이었다. 그와 함께 있으면 일은 포도주가 되고 여자가 되고 노래가 되어 인부들을 취하게 했다."
아, 나는 언제나 저 경지가 되려나 모르겠다.

'쓰·말·노'…
나의 슬기로운 집콕생활

아, 징한 세상! 사람이 사람을 믿을 수 없고 볼 수 없고 사람 속에 더불어 살지 못하게 하니 인간 세상이라 할 수 있나 모르겠다. '쓰 · 말 · 노'가 없었다면 어찌할 뻔했나. 쓴다, 이것저것 써본다. 옛글을 베껴 쓰기도 하고 새로 쓰기도 하고 글이 되든 아니 되든 좌우간 쓴다. 말, 말하고 싶어 죽겠지만 대면 강연은 못 하니 유튜브에 대고 마구마구 한다. 노래, 연습도 공연은 못 하니 혼자서 마구마구 불러본다. 흘러간 팝송, 흘러간 옛 노래, 가곡, 오페라 아리아…. 되는대로 마구 부른다. 하루 중 쓰고 말하고 노래하며 보내는 시간이 족히 대여섯 시간은 되는 듯하다. 아니라면 무엇하며 이 많은 시간 보내겠나.

지금껏 올린 페이스북 포스팅이 1만 개를 훌쩍 넘고, 유튜브가 2천여 개에 이르고 보니 유튜브는 내 쓰 · 말 · 노의 플랫폼이 된 셈이다. 적게 만들고 많이 쓰면 당연히 콘텐츠가 부족하게 되지만 바닥난다 싶으면 늘 새로운 시도로 돌파한다. 〈권대욱TV〉에서 '만나고 싶은 사람 만난다'가 그 새로운 시도였다. 누구든 만나고 싶은 사람은 만난다.

　지금보다 더 세월이 걸리고, 만나고 싶어하지 않는 사람도 많겠지만 그치지 않을 것이다. 자신이 좋아하는 일을 직업으로 가진 사람, 대한민국이 절대 망하지 않을 거란 확신을 주는 젊은이, 사랑과 충만한 열정으로 보다 나은 세상을 만들어 가고 있는 보통 사람, 지혜와 통찰이 번득이는 구루를 더 만나고 싶다. 그러기 위해서는 여러 사람의 응원이 절대 필요하다.

서로서로 힘이 되는 관계가 되었으면 하는 희망으로 노력할 것이다. [사진 권대욱]

인생의 반전이 필요하다면 만나는 사람을 새롭게 하라는 한 페이스북 친구의 포스팅에 절대 공감한다. 그동안 사람을 많이 만났지만 거의 일 때문에 만났다. 무언가를 부탁하거나 부탁을 받거나 상생을 생각하는 만남이다 보니, 자연 그 사람의 직위와 힘, 우리 회사와의 관계를 많이 생각했고, 그 사람이 가진 덕성과 인간적 면모를 파악함에 소홀했다. 이제 현업의 물론 아직 일은 있고 그 경우는 그대로지만 갈급함이 덜해지고 시공적 여유가 많다 보니 더 다양하고 많은 사람을 만나게 되고 일보다는 사람을 생각하다 보니 더 많은 것을 보게 된다. 그래서 더 좋고 재미있다. 나보다 그 그리고 그녀의 입장에서 생각하며 만나게 되니 더 많은 배움과 깨달음이 있다. 누구든 만나고 싶은 사람은 만난다.

[권대욱TV] https://youtu.be/1wmwXFCcJF0?si=CgaPDhUYxGUM_SlQ

충주를 여행했다. 콩탕도 먹고 흔들다리도 보고, 예쁜 카페에도 들러 주인장과 인터뷰도 하고, 빌라 개발지에 대한 컨설팅도 해주는 바쁜 일정을 마치고 돌아왔다. 조촐한 크리스마스 파티가 기다리고 있다. 눈을 기다리는 밤. 함께 하얀 아침을 맞는다. 첫눈이다. 서설瑞雪이다. 눈 좋아하는 나는 가만있지 못하고 눈 내리는 산막의 정경에 겨울 노래, 눈 노래를 장장 7시간이나 걸려 입혔다. 옆에서 보던 곡우는 아무도 안 보는 것 뭣 때문에 그리 몰입이냐 야단이지만, 힘들지 않았고 행복하기만 했다. 그리고 감사했다. 그래서 함께 나눈다.

자신만의 공간 확보가 갖는 행복의 의미를 경험으로 알고 있다. 오두막이어도 좋다. 다락방이어도 좋을 것이다. 자신만의 공간, 자신만의 아지트를 만들어 보자. 서럽고 슬프고 세상이 나를 속인다 느낄 때, 돌아갈 곳이 있다는 사실만큼 나를 위로하는 것은 없다. 옛 선비에게 그것은 고향이었지만 고향을 상실한 현대인은 돌아갈 곳이 없다. 집이 있지 않으냐? 말하겠지만 그곳은 준비하고 출발하는 곳이지 결코 돌아가는 곳이 아니라고 생각한다. 본래가 혼자요, 원래부터 고독한 인간이 돌아갈 곳은 그 고독, 나만의 공간에서 느끼는 절대 자유로의 회귀를 의미한다. 지금이라도 늦지 않았다. 있다면 아끼고 없다면 만들 일이다. 다들 행복을 말하지만, 노력은 하지 않는다. 행복 또한 준비하고 맞을 태세일 때 분명히 찾아온다. 그래서 행복은 습관이라 말한다. 얼마 전 어느 분의 말씀을 들으니 진정 행복한 순간을 시간으로 환산해 보니 채 46시간이 안 되더라다. 지금 행복해지자. 행복은 유보되거나 저축되어 배가 될 수 있는 성질의 것이 아니다. 헤르만 헤세의 시 한 편을 보내드린다.

[권대욱TV] https://youtu.be/lXSRPGfH0II?si=A52znzp1h2SpA0eZ

권대욱의 월든 이야기

행복해진다는 것

- 헤르만 헤세

인생에 주어진 의무는

다른 아무것도 없다네

그저 행복하라는 한 가지 의무뿐

우리는 행복하기 위해 이 세상에 왔지

그런데도 그 온갖 도덕

온갖 계명을 갖고서도

사람들은 그다지 행복하지 못하다네

그것은 사람들 스스로 행복을 만들지 않은 까닭

인간은 선을 행하는 한

누구나 행복에 이르지

스스로 행복하고

마음속에서 조화를 찾는 한

그러니까 사랑을 하는 한

사랑은 유일한 가르침

세상이 우리에게 물려준 단 하나의 교훈이지

예수도

부처도

공자도 그렇게 가르쳤다네

모든 인간에게 세상에서 한 가지 중요한 것은

그의 가장 깊은 곳

그의 영혼

그의 사랑하는 능력이라네

보리죽을 떠먹든 맛있는 빵을 먹든

누더기를 걸치든 보석을 휘감든

사랑하는 능력이 살아있는 한

세상은 순수한 영혼의 화음을 울렸고

언제나 좋은 세상

옳은 세상이었다네

사랑하는 능력, 그것은 우리가 모두 가지고 있는 능력이다. 오늘도 그 능력을 발휘하시는 따뜻한 날이 되길 바란다.

눈을 기다리는 밤. 함께 하얀 아침을 맞는다. 첫눈이다. [사진 권대욱]

권대욱의 월든 이야기

Appendix

- 산막스쿨
- YouTube '권대욱TV'
- 청춘합창단

www.sanmakschool.com

산과 삶,
사람들이 있는 산막스쿨

일(Work)과 휴가(vacation)의
최적화된 워케이션(worcation)
산막스쿨

"사람이 힘들고 삶이 버겁다면
산막으로 돌아갈 때다."

– 권대욱 –

'지금까지도 잘 살았지만, 앞으로 조금 더 잘 살아야겠다'는
결심 하나만 가지고 나가면 되는 학교,

산막스쿨입니다.

Come back to Sanmak School

산과 삶, 사람들이 있는 산막스쿨

누구나 선생이 될 수 있고, 누구나 학생이 될 수 있는 곳
시가 있고, 노래와 춤과 이야기가 있고, 따뜻한 교감이 있는 곳
모두가 주인공이고, 모두가 반짝이는 별이 되는 곳
자연에서 함께 어울리며 무엇이든 배울 수 있는 곳
모닥불 피워놓고 별과 달을 보며 인생을 논할 수 있는 곳
인생을 배워가는 자연학교 산막스쿨입니다.

01

특별한 분들만 느낄 수 있는 공간

Exclusivity

외부와 완벽히 격리된 시공간

02

무애의 공간

Freedom

걸림 없는 대자유가살아 숨 쉬는 공간

03

별과 화톳불

Starry night & Camp Fire

별 쏟아지는 밤의 화톳불과 이야기를 느낄 수 있는 공간

04

물소리 바람소리 새소리

Nature

자연의 소리를 느낄 수 있는 공간

산막스쿨 교실

11평 규모의 적송 목조주
택으로 황토를 다져 넣은
객실과 거실로 구성되어
있으며 따뜻한 보일러와
함께 객실 내에 장작을 땔
수 있는 난로가 구비되어
있습니다.

독서당

연못에 떨어지는 물소리 들
으며 좋은 글 한 줄 읽고,
한나절 생각할 수 있는 독
서의 품격이 다른, 책 읽고
차 마시는 2평 남짓한 공간
입니다.

산막광장

도끼로 장작 패기, 화톳불 캠프파이어 및 불멍 힐링 체험을 할 수 있으며 노래방, 스피커, 탁자, 의자 등을 갖춘 여가공간으로 조그마한 무대와 바비큐 설비가 되어 있는 복합문화공간입니다.

세미나실

10~15명 정도의 인원들이 함께 모여 회의 및 프레젠테이션 환담을 나눌 수 있는 아늑한 공간으로 전동식 스크린, 프로젝터, 마이크 등과 커피 다과를 즐길 수 있는 편의시설이 있습니다.

산막스쿨 교장 : 권대욱

TEL : 010-9026-3337   E-mail : mcleecompany@naver.com
ADDRESS : 강원도 원주시 귀래면 방아실길 199
BUSINESS LICENSE : 259-48-00604

YouTube '권대욱TV'

권대욱TV

@sanmaktv · 구독자 1.18만명 · 동영상 2.3천개

권대욱tv는 가슴뛰는 세상을 위한 tv입니다 >

구독

'권대욱TV'는 유익함과 재미를 추구합니다.

시도 때도 순서도 체계도 없지만 그치지 않습니다.

보다 나은 세상을 위해 무엇이든 말하고 무엇이든 행하며 누구든 만납니다.

시니어 라이프 —어떻게 살것인가? —산막교장의 서울 하루

조회수 1,774회 · 1년 전

평생을 직장에서 앞만 보며 치열하게 살아오신 우리 시니어들은
막상 혼자서 할수 있는 일이 잘 없습니다

모든것이 빠르게 변하는 세상에서 홀로 서기엔 세상은 그리 친절
하지도 호락호락하지도 않습니다

이제 어쩔수 없이 혼자 해야할 시점이 되었습니다…
자세히 알아보기

추천

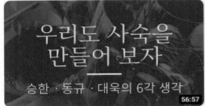

우리도 사숙을 만들어보자 —승한 · 동규 · 대욱의 6각
생각

조회수 250회 · 1개월 전

권대욱이 만난사람 —깊은 산속 옹달샘 고도원 이사장

조회수 400회 · 2주 전

천만 직장인의 멘토 KT 신수정 부사장을 만납니다

조회수 656회 · 2일 전

CEO 코칭/멘토링 창업 4년 년 140'
생 청년사업가 이진우대표

조회수 272회 · 3개월 전

동영상 ▶ 모두 재생

친구의 눈으로 본 오늘의 세상
권대욱tv 뉴스 20240324

조회수 79회 · 7시간 전

산막교장의 동네 한바퀴— 석
천학당 개강 —주역강의 듣…

조회수 177회 · 12시간 전

천만 직장인의 멘토 KT 신수정
부사장을 만납니다

조회수 656회 · 2일 전

권대욱tv 뉴스 —지인의 글과
생각을 통해 세상을 봅니다…

조회수 129회 · 2일 전

사람의 마음을 얻는 자 천하를
얻을 것이다— 어떻게 얻는가?

조회수 158회 · 2일 전

2024년 3월 권대욱tv뉴스—
조찬우 아시히tv 출연 , 전혜…

조회수 99회 · 3일 전

산막스쿨일기 ▶ 모두 재생

권대욱교장의 제2회 산막스쿨
_1탄. 만남

권대욱TV
조회수 1.6천회 · 1년 전

권대욱교장의 제2회산막스쿨
_2탄. 산막교장이야기

권대욱TV
조회수 349회 · 1년 전

권대욱교장의 제2회 산막스쿨
_3탄.STORY

권대욱TV
조회수 347회 · 1년 전

8월 13일 제3회 산막스쿨 예고

권대욱TV
조회수 201회 · 1년 전

산막스쿨 교장 권대욱의 My
Way

권대욱TV
조회수 200회 · 1년 전

권대욱 교장의 산막스쿨 3회
[ep03_이야기]

권대욱TV
조회수 138회 · 1년 전

산막스쿨 ▶ 모두 재생

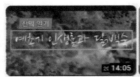

예초기 인생론과 닭백숙

권대욱TV
조회수 186회 • 1년 전

우주 그리고 별의 인문학—꿈
별 동아리 산막 별보기

권대욱TV
조회수 291회 • 1년 전

산막일기20220613 —생수/텃
밭/혼밥/잘했군 잘했어

권대욱TV
조회수 233회 • 1년 전

시니어 라이프 —어떻게 살것
인가? —산막교장의 서울 하루

권대욱TV
조회수 1.7천회 • 1년 전

강화도를 다녀왔습니다 —안
갔으면 정말 후회할번 했습...

권대욱TV
조회수 440회 • 1년 전

텔레리아 at 한강공원 & 김남
수 작가 at 공주 이미정 갤러리

권대욱TV
조회수 183회 • 1년 전

청춘합창단 ▶ 모두 재생

아름다운 나라—특별한 결혼
축가

권대욱TV
조회수 612회 • 6년 전

청춘합창단 1부 2D

이만덕
조회수 2만회 • 5년 전

권대욱 티브—휴넷 춘철활인
—행복한 경영이야기—제약...

권대욱TV
조회수 168회 • 4년 전

누리호의 성공을 축하합니다

권대욱TV
조회수 226회 • 1년 전

대전 청춘합창단의 출범을 축
하하며—청춘합창단 전국화...

권대욱TV
조회수 315회 • 1년 전

합창단 Work Shop의 전범—
청춘합창단 가평 워크샵 제 1...

권대욱TV
조회수 486회 • 1년 전

권대욱이 만난 사람들 ▶ 모두 재생

190829 권대욱TV—휴넷 춘철
활인 —행복한 경영이야기—...

권대욱TV
조회수 361회 · 4년 전

[권대욱TV] 행복한경영이야기
190830

권대욱TV
조회수 101회 · 4년 전

17. Listen to the Lambs - arr.
R. Nathaniel Dett

Mark Manring
조회수 4.9만회 · 9년 전

베트남전쟁 다큐 '사랑과 평화
다' 풀버전 40분 | 백마부대 2...

알토란TV
조회수 29만회 · 5년 전

[전체리뷰/용쟁호투-1부] 이
소룡의 여동생을 괴롭히면 ...

고전찬미
조회수 206만회 · 4년 전

세상에이런 일이—중용을 가
르치는 여자 —권대욱이 만...

권대욱TV
조회수 464회 · 1년 전

시니어라이프 ▶ 모두 재생

어찌 그리 특별한 생각을 했
노? —박원자의 모정불심 —...

권대욱TV
조회수 193회 · 1년 전

시니어 어떻게 살것인가? —제
2부 Business Forum

권대욱TV
조회수 315회 · 1년 전

외롭지 않으려면 —권대욱의
아침편지 20220605 —혼자...

권대욱TV
조회수 2천회 · 1년 전

선택의 기로에서—로버트 프
로스트 —The Road Not Taken

권대욱TV
조회수 149회 · 1년 전

결코 남의 삶을 살지 않으리라
—100세 시대를 살아가는 여...

권대욱TV
조회수 294회 · 1년 전

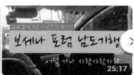

식당도 골프장도 호텔도 사람
들로 넘쳐났습니다 — 태양...

권대욱TV
조회수 323회 · 1년 전

인기 동영상 ▶ 모두 재생

KBS평화음악회 리허설 이모
저모

조회수 3.5만회 · 3년 전

권대욱이 만난 사람 —31 허경
영 총재를 만났습니다

조회수 2.8만회 · 3년 전

청단 열린음악회 연습—상록
수—친구여

조회수 2.3만회 · 3년 전

창단 9년 역사속의 청춘합창
단

조회수 2만회 · 3년 전

청춘합창단 UN 공연하이라이
트

조회수 1.9만회 · 6년 전

김태원이 지휘하는 청춘합창
단의 아름다운 송년회의 합...

조회수 1.8만회 · 11년 전

'권대욱tv'는 가슴 뛰는 세상을 위한 tv입니다!
www.youtube.com/@sanmaktv

청춘합창단

권대욱

(사)남자의 자격 청춘합창단 이사장

2011년 여름 KBS 제2TV '남자의 자격' 프로그램을 통해 모집된 우리 합창단은 석 달에 걸친 합창 연습 광경이 전국에 방영되면서 매주 토요일 저녁마다 대한민국의 모든 국민이 남녀노소를 불문하고 TV 앞에 모여들게 했고, 여러분들에게 눈물과 웃음을 동시에 선사하면서 실로 신데렐라처럼 화려하게 탄생했습니다.

비록 프로그램은 짧은 시간에 종료됐지만, 우리는 그 아름답고 행복한 만남을 꾸준히 이어가면서 순수 민간합창단으로 재탄생하여 오늘에 이르렀습니다.

지난 십여 년에 걸쳐 우리는 일반 합창단은 상상할 수도 없을 정도의 엄청난 성과를 이루어 왔습니다.

2015년 6월 15일 대한민국의 어느 합창단도 꿈꿀 수 없는 유엔본부에서 전 세계 국가의 대사들을 모시고 대한민국의 통일을 염원하는 콘서트를 마쳤을 때의 감격을 생각하면 지금도 가슴이 뜁니다. 그 영광된 자리는 많은 국민 여러분들께서 크라우드 펀딩으로 십시일반 도와주시지 않았다면 이룰 수 없었던 일이었기에 우리는 감히 우리를 국민이 만들고 키워주신 합창단이라 부르는 것입니다.

2017년에는 오스트리아 그라츠에서 개최된 '국제합창페스티벌'에 아시아를 대표하는 유일한 시니어 합창단으로 초청되어 3일 동안 합창의 본고장을 놀라게 했고, 특히 폐막공연에서 모든 청중으로부터 5분이 넘는 진심 어린 기립박수 세례를 받으며 감격의 눈물을 흘렸던 기억은 영원히 잊을 수 없을 것입니다.

우즈베키스탄의 고려인 강제 이주 80주년을 기념하는 위문공연도 우리가 한국인임이 자랑스러웠던 가슴 벅찬 연주였고, 무엇보다도 2019년 3.1운동 100주년 기념공연을 꿈의 무대인 카네기홀에서 주관할 수 있었던 일은 여러분이 우리를 키워주시고 이끌어 주신다는 믿음을 강하게 심어준 계기가 되었습니다.

여러 공공기관과 각종 기업체에서의 초청연주는 일일이 나열할 수도 없을 만큼 많았고, 어느새 창단 10주년을 기념하는

권대욱의 월든 이야기

제5회 정기연주회까지 성공적으로 마쳤습니다.

우리가 지난 십 년 동안 국격을 높이는 민간 외교관으로서, 어두운 곳에 빛을 밝히는 희망의 등불로서, 그리고 합창을 통해 전 국민이 하나가 되게 하는 문화 사절로서 실로 많은 성과를 쌓아 왔고, 이젠 단순한 합창단이 아닌 사단법인으로 거듭났지만 우리는 아직도 목이 마릅니다.

우리의 궁극적 목표인 '세계 최고의 시니어 합창단'이라는 세계적 공인을 아직 받지 못했고, 통일 대한민국의 기틀을 놓기 위한 평양에서의 공연도 아직 이루지 못했기 때문입니다.

그래서 우리는 하루도 빠짐없이 연습하고, 매주 세 시간에 걸친 엄격한 리허설을 통해 우리를 끊임없이 갈고 다듬어 나아가고 있습니다. 코로나19라는 전 세계적인 시련을 겪으면서 잠시 주춤하기도 했지만, 이제 다시 일어섰습니다. 우리가 달려갈 목표가 있고, 이루어야 할 꿈이 있기 때문입니다.

그 길은 우리의 힘만으로는 벅찬 고난의 과정일지도 모릅니다. 그래서 여러분의 응원과 격려가 더욱 필요합니다. 우리와 늘 함께해 주시고, 성원해 주시길 간곡히 당부드립니다.
감사합니다.

2011년 뜨거운 여름 KBS2TV에서 방송된 '남자의 자격 청춘합창단'이 탄생되었다. 전 국민을 대상으로 한 만 52세 이상 청춘합창단 공개모집에 전국에서 4,000여 명이 응시하였고 이 중에 1차 200명을 선발하여 오디션을 통해 40명이 최종 합격되었다.

부활의 리더 김태원 님이 지휘자로 선임되었으며 김태원 님이 작곡하고 우효원 님이 편곡한 '사랑이라는 이름을 더하여'와 우효원 님이 편곡한 '아이돌 메들리' 두 곡을 열심히 연습하여 KBS 더하모니 전국 합창제에서 당당하게 은상을 수상하였다. 매주 일요일 저녁 방송되어 전국에 합창 신드롬을 가져왔다.

52세 이상으로 구성된 '남자의 자격 청춘합창단'은 부산에서 김해에서 그리고 완주 등 원거리임에도 매주 화요일이면 방송국에 모여 연습을 하였다. 예능 방송 특성상 스토리를 가진 순수한 아마추어들이 대부분 단원으로 구성되어 합창을 만들어가는 데 힘든 과정이었다. 그러나 지휘자 김태원 님의 열정적인 지도와 합창계의 거장이신 윤학원 선생님의 특별과외를 통해 전국 합창제에서 당당하게 은상을 수상하였고 그해 최고의 감동대상을 수상하였다.

이렇듯 방송사의 한 프로그램으로 모인 합창단이었지만 이 만남이 소중한지라 방송이 끝난 후 재창단을 하였고 방송을 통해 알려진 합창단이라 정부의 각종 행사에 초청이 되었고 기업체와 병원, 교도소 그리고 요양원 등을 찾아다니며 봉사를 하였다.

제64주년 제헌절 경축식 공연

삼성전자 공연

　　　　　　　　　　　　　　　　권대욱의 월든 이야기

제57회 현충일 공연

2015년 6월 15일에는 유엔에서 반기문 사무총장님을 비롯한 각국의 유엔 주재 대사 등 외교관들을 대상으로 통일을 염원하며 유엔이 정한 제10회 '세계노인학대 인식의 날' 기념 연주를 하였다.

'그리운 금강산'과 '아리랑' 등의 연주를 할 때 가슴 벅찬 감동을 통해 눈물을 흘리며 연주를 하였다. '아리랑' 연주가 끝났을 때는 각국 대사를 비롯한 관객 모두가 기립박수를 보내주었다. 이어 워싱턴 장로교회 뉴저지 프라미스 교회에서 동포들을 위로하는 연주도 하였다.

　　　　　　　　　　　　　　　　　권대욱의 월든 이야기

2017년 11월 오스트리아 그라츠 '세계합창페스티벌'에 초청
되어 평균 연령 66.5세인 한국에 시니어 합창단인 '남자의 자
격 청춘합창단'이 연주하였을 때 무려 5분간의 청중들의 기립
박수를 받는 놀라운 역사를 만들기도 하였다.

Austria Concert
오스트리아 연주회

   세 번의 정기연주회를 통해 청춘합창단의 위상은 높아져 갔다. '남자의 자격 청춘합창단' 의 이러한 활동은 계속될 것이다. 힘들고 외로운 이웃을 찾아가 희망과 감동을 주며 오랫동안 기억에 남을 연주를 할 것이다. 그리고 해외에서 고국을 그리워하는 동포들을 찾아가는 연주도 계속할 것이다.

Regular Concert
제3회 정기
연주회

권대욱의 월든 이야기

Appendix

내가 산막을 사랑하는 이유는 무엇이 좋아서가 아니라 아무리 힘들고 아파도 이곳에 오면 용기와 희망이 솟기 때문이다. 아무리 초라하더라도 나를 받아주리라 믿기 때문이다.

돌아갈 곳이 있다는 것, 언제라도 내 편이 되어 줄 사람이 있다는 것. 이것만큼 사람을 위안하는 것이 있는가.

나뿐 아니라 모든 이의 그런 곳이 되면 좋겠다. 〈산막스쿨〉의 존재 이유다.

발견이란 이 세상에 없던 것을 새로이 찾아내는 것이 아니라 새로운 눈으로 보는 것이다. 오늘 또 새로운 산막의 모습을 본다.

〈산막스쿨〉은 순서도 체계도 커리큘럼도 특별히 없고 사람들의 능력이나 위치도 고려하지 않고 누구나 함께 할 수 있는 이상한 학교이다.

누구든지 선생이 될 수 있고 누구든지 학생이 될 수 있는 오픈 스쿨이며 무엇이든 다 과목이 될 수 있는 인생학교이다.

사람이 힘들고 삶이 버겁다면 산막으로 돌아갈 때다.

계속 열어야 한다. 지갑은 물론이고 마음을 열어야 한다. 다 똑같은 인간이다.

나이, 종교, 학력은 아무런 관계가 없다. 단견으로 함부로 타인을 재단하는 순간 나의 세상은 영원히 닫힌다.

급할 것도 서두를 것도 없다. 그렇게 마음의 잡초를 뽑는 것이니, 그 힘 하나로 또 세파를 헤쳐 나가는 것일 게다. 산막은 그런 곳이다. 늘 배움이 있고 가르침이 있다. 그래서 인생학교. 삶의 기술을 말하는 것 아니겠나.

처음 문막에 산막을 지었을 때부터 오늘날의 〈산막스쿨〉에 이르기까지, 참으로 많은 사람들과 함께했다. 항상 곁을 지켜주었던 아내와 산막의 자연과 개들. 그리고 산막스쿨로 맺어진 자랑스러운 인연들에게 다시 한번 고마움을 전한다.

출간후기

권선복
도서출판 행복에너지 대표이사

모두가 같은 북소리를 듣고 걸어야 하는 건 아니다.
남들과 보조를 맞추려고
자신의 봄을 여름으로 만들어야 할 필요도 없다.
모든 나무가 사과나무나 떡갈나무처럼
빨리 자라야 하지도 않는다.

– 헨리 데이비드 소로

　이 책 『권대욱의 월든 이야기』는 평생 CEO이자 청춘합창단의 명예단장인 권대욱 저자의, 인생에 대한 진솔한 성찰과 자연에서 배우는 살아 숨 쉬는 지혜가 페이지마다 한껏 녹아들어 있다.

　'직업이 사장'이라고 불릴 정도로 30여 년간 건설사와 호텔업, 교육업체의 CEO로 살아오고 현재는 청춘합창단 단장, 산막스쿨 교장, 유튜브 '권대욱TV'의 크리에이터이기도 한 권대욱 저자. 그의 제2의 인생이 더욱 빛나는 것은 그의 열정과 삶에 대한 긍

권대욱의 월든 이야기

정적 자세 덕분이다.

그는 책 속에서 묻고 답한다.

"우리는 왜 이리도 바쁜가? 쓸데없는 일로 바쁘지는 않은가?

남이 해야 할 일 대신하느라 바쁘지는 않은가?

삶이 이럴진대 나 또한 참 쓸데없는 일로 바쁘다 하며 살았구나.

남이 원하는 모습이 되기 위해 바쁜 것은 아닌가?

이제 걸치장뿐인 바쁨은 뒤로하고 돌아보며 살 때도 되었건만 무슨 미련 그리 많아 떨치지 못하는가?

속세를 벗어나 산림에 은거하라 말하는 것이 아니다.

오히려 바쁜 와중에도 마음이 돌아갈 곳을 찾으라 말하는 것이니 마음 돌아갈 곳 있다는 것, 그것은 참으로 큰 축복임을 다시 느낀다."

그에게 마음 돌아갈 곳은 강원도 산막 '월든'이었다. 가슴 뛰는 세상을 위한, 산과 삶 그리고 사람들 이야기가 그가 수십 년 동안 손수 일구고 가꿔온 월든 곳곳에 아로새겨져 있다.

모쪼록 이 책을 읽는 여러분 모두가 평생 마음 돌아갈 곳 하나쯤은 갖게 되기를 소망하며 언제나 행복에너지가 팡팡팡 샘솟기를 기원한다. 그것이야말로 우리 삶의 가장 큰 축복이리라.

출간후기

'행복에너지'의 해피 대한민국 프로젝트!

〈모교 책 보내기 운동〉〈군부대 책 보내기 운동〉

한 권의 책은 한 사람의 인생을 바꾸는 힘을 가지고 있습니다. 한 사람의 인생이 바뀌면 한 나라의 국운이 바뀝니다. 그럼에도 불구하고 많은 학교의 도서관이 가난하며 나라를 지키는 군인들은 사회와 단절되어 자기계발을 하기 어렵습니다. 저희 행복에너지에서는 베스트셀러와 각종 기관에서 우수도서로 선정된 도서를 중심으로 〈모교 책 보내기 운동〉과 〈군부대 책 보내기 운동〉을 펼치고 있습니다. 책을 제공해 주시면 수요기관에서 감사장과 함께 기부금 영수증을 받을 수 있어 좋은 일에 따르는 적절한 세액 공제의 혜택도 뒤따르게 됩니다. 대한민국의 미래, 젊은이들에게 좋은 책을 보내주십시오. 독자 여러분의 자랑스러운 모교와 군부대에 보내진 한 권의 책은 더 크게 성장할 대한민국의 발판이 될 것입니다.

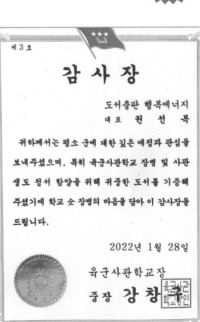